JN232600

アリエス
Aries
サーカス　原作
雑賀匡　著
PARADIGM　NOVELS 98

登場人物

佐倉《さくら》いなほ　真一の隣の家に住む幼なじみ。子供好きで、おっとりした心優しい少女。

広瀬真一《ひろせしんいち》　綾月第二学園に通う３年生。両親は不在で、祖母とふたりで暮らしている。

野々村《ののむら》たえ子《こ》　家庭が貧乏な少女。焼きそばパンが大好き。

山岡《やまおか》あきら　商業科に通う、いなほの親友。家はケーキ屋。

アミ　天界から修行にやってきた天使。真一の家に居候中。

七尾《ななお》留奈《るな》　真一やアミのクラスメート。真一とは席が隣同士。

紗菜《さな》　隣町で修行中のアミの妹。姉と違って、しっかり者。

鈴凜々《りんりんりん》　中国からの留学生。アミを封印しようとしている。

たえ子

あきら

目次

プロローグ

……今夜は降るな。

広瀬真一《ひろせしんいち》は灰色に曇った低い空を見上げた。

今年の冬は早くから強い寒波が到来しているらしい。例年よりも冷え込む日が続いていたが、クリスマスイヴである今日はその寒さが一段と強く感じられた。

かじかんできた両手をこすりあわせると、ハーッと息を吐きかけてみる。その息がいつもよりも白く思えるのは、決して気のせいではなさそうだ。

夕暮れ時……。

駅前の商店街にはネオンが灯り始め、街頭スピーカーからは軽やかなクリスマスソングが流れている。ある意味では街が一番活気づくはずの時期なのだが、買い物客や帰宅途中のサラリーマン達は、寒さのためにいつもより足早になっているようだ。

無理もない、と真一は思う。

こんな日は暖房の効いた部屋で、ぬくぬくと過ごすのが一番だ。

だが、アルバイト中の身としては、そうも言ってられない。ケーキ屋オレンジペコの店先に設置された店頭販売のブースを任されている真一は、寒さを誤魔化《ごまか》すかのようにその場で大きな声を張り上げた。

「クリスマスケーキはいかがですかーっ」

オレンジペコのケーキは町内で有名だ。ことさら営業努力をせずとも順調に売り上げているのだが、ジッとしていると凍えてしまいそうだった。

「すいませーん、ケーキください」

背後からの客の声に、真一は素早く営業スマイルを浮かべて振り返った。

「はいっ、サイズはどうしますか……って、なんだ、いなほじゃないか」

「なんだはヒドイー。せっかくケーキを買いにきたのに」

佐倉《さくら》いなほは、真一の態度に抗議してぷっと頰《ほお》を膨らませた。

ケーキを買いにきたのなら客には違いないが、どうも幼なじみを相手に真面目《まじめ》に接客する気にはなれない。どれになさいますか……なんて営業言葉を使うのも、なんだかよそよそしい気もする。

それはいなほも承知しているようで、すぐに機嫌を直すと、

「あきらちゃんは？」

と、訊《き》いてきた。

「あきらなら……」

店の中で接客してるはずだ、と言おうとした瞬間、ドアが開いてその本人が姿を見せた。

「ねえ、ちょっとーっ、ケーキはまだ残ってる？」

制服の上からエプロンをかけた山岡《やまおか》あきらは、真一の横にいたいなほを見て意外そうな表情を浮かべた。

「あらっ……いなほじゃない？」

「へっへー、いなほは店の売り上げに協力しに来たんだよ」

「それはありがとう」

それにしてもクリスマスは大変よー、とあきらはため息をつく。

「補習から帰ってきたら、着替える暇もなくお手伝いなんだから」

「補習を受けなきゃならない成績を取るから悪いんだろう」

「うるさいわねっ、たまたまよっ」

真一がぼそりと呟《つぶや》いた言葉に、あきらは耳聡く反応して眉《まゆ》をつり上げた。

あきらとは中学時代からの付き合いだが、今日に限って言えば雇い主……正確には雇い主の娘である。あまりぞんざいな態度でいるとバイト代に響くかも知れない。

真一はそれ以上の言及を避けて、無言で肩をすくめた。

「えっと、どれにしようかな……」

いなほは真一達のやりとりをまったく気にする様子もなく、目の前に並んだケーキを嬉しそうに眺めた。元からのほほんとした性格なのだが、こういう時のいなほは普段にも増して幸せそうな表情を浮かべる。

「相変わらず、オレンジペコのケーキはどれもおいしそう」

いなほは少し考えてから、あきらを振り返ってMサイズのケーキの値段を訊いた。

「んーと、税込みで三千百五十円ね」

「ケチケチしないで、どーんと大きいヤツにしろよ」

「んー、確かに大きい方がいいんだけど……」

真一の言葉に、いなほは隣にあるLサイズのケーキを眺める。

そんな様子を見つめていたあきらは、真一を押し退けるようにして前に出ると、ポンといなほの肩を叩《たた》いた。

「そういうことなら、ここはおまけしなきゃね。いなほは特別。Mサイズの値段でLサイズのケーキを売ってあげるわ」

「さっすが、あきらちゃん。いなほは大カンドーだよ」

「そりゃ、いなほはウチのお得意さまだもんね。サービスよ、サービス」

「へっへー、ありがとうね。あきらちゃん」

いなほはそう言いながらごそごそとサイフを探っていたが、ふと思い出したように顔を上げて真一を見た。

「あ……そうだ、真一ちゃん。良かったら今年もウチに来ない？」

「え？」

「おうちに誰もいないんでしょう？　いなほと一緒にケーキを食べよ」

「う〜ん、そうだなぁ」

真一は基本的に祖母と二人暮らしだ。だが、その祖母は毎年クリスマスと重なる敬老会の忘年会に出かけている。今回、オレンジペコでのバイトを承諾したのも、家にいてもすることがないからである。

いなほが誘ってくれるのは、その辺の事情を知っているからだ。

「今年も七面鳥買ったんだよ。あとね、親戚《しんせき》の叔父さんが本物のもみの木をくれたの。だから、ツリーもすごく立派だよ」

食べ物やツリーに惹《ひ》かれたわけではなかったが、真一はふとその気になった。せっかくのクリスマスに、一人でいるのも侘《わ》びしいものだ。

それにいなほの家は真一の家の隣なので、行こうと思ったらすぐにでも行ける。

「じゃあ……お邪魔することにしようかな」

真一がそう答えると、いなほは嬉しそうな顔をして、へっへーと笑った。

「じゃ、待ってるからね」

いなほはそう言い残すと、ケーキの箱を抱えて帰っていった。

「……あんたらも、仲がいいねぇ」

「仲がいいって言うのかな？」

幼なじみで、ずっと一緒にいればそうなるものではないだろうか？

「ま、とにかく、がんばってケーキを売ってちょうだい。売れ残ったら、あんたのバイト代はケーキの現物支給に変わるからね」

けれど、その後も客は途切れ無くやってきて、クリスマスケーキは飛ぶように売れた。


「ううっ、寒い……」

冷たい風が頬をかすめて通り過ぎていく。

真一はマフラーをしっかりとまき直して、背中を丸めるように身を縮めた。

早い時間にケーキが完売してしまったため、予定よりも早くバイトを終えることができた真一は、あきらの母親の厚意で袋一杯にもらったお土産のドーナツを囓《かじ》りながら、足早に家路を急いでいた。

……相変わらず、美味いドーナツだ。

オレンジペコはケーキの美味しいことで有名だが、ドーナツの評判もなかなかのもので熱烈なファンがいる。種類によっては予約しないと買えない物もあるぐらいだ。

そのドーナツは空腹という要素も加わって、いつもよりもいっそう美味く感じられた。

……そう言えば、いなほに誘われていたんだよな。

残りのドーナツを口の中に放り込み、コートの袖《そで》をめくって腕時計を見ると、すでに八時を回っている。いくら隣の家だといってもあまり遅くなるわけにはいかない。

真一は出来るだけ近道するために、公園を通り抜けようとした。

その時……。

「はにゃ〜、輪っか〜っ！」

公園の脇にある植え込みの奥から、わめくような声が聞こえてきた。

驚いて足を止めた真一が声のした方を見ると、植え込みの中からガサガサと音を立てて女の子が飛び出してきた。真っ赤なサンタみたいな格好をしている女の子は、身体のあちこちに葉っぱをつけたまま、キョロキョロと大きな瞳で辺りを見回し始めた。

「……何してんの？」

声をかけるつもりはなかったのだが、女の子があまりにも途方に暮れた表情を浮かべていたので、思わず言葉が口から出てしまった。

「はにゃ!?　地上の……人」

女の子は初めて真一が側《そば》に立っていることに気付いたらしく、マズイ場面を見られたかのように視線を泳がせた。それでもためらった後、腹を決めたような顔をすると、真一に向かって走り寄ってきた。

「あ、あの……この辺で、輪っかを見なかったですか？」

「輪っか？」

「はい、実はサンタさんの手伝いをしていたんですけど、途中で大事な輪っかを落としてしまいまして……」

「サンタの……手伝い？」

……ああ、駅向こうのケーキ屋のコンパニオンだな。

確か、店員全員がサンタの衣装を着て販売を行っている……と、偵察に行ったあきらが言っていたはずだ。

真一が勝手にそう結論づけていると、女の子は思い詰めた表情で詰め寄ってきた。

「とっても大事な輪っかなんです。見ませんでしたか？」

女の子が輪っか輪っかと言うので、真一は袋の中からドーナツを取り出して見せた。

「……って、それはドーナツじゃないですか」

あまりウケなかったらしい。女の子は困ったような表情を浮かべたが、スッと手を伸ばすと真一から奪うようにしてドーナツを手に取った。

「でも、ドーナツっていいですよね。外はかりかり、中はふわふわ。ほんのり甘くて……。アミはドーナツが大好きなんですよ。ありがとうございます。いただきますね」

女の子はそう言うと、奪ったドーナツを手にしたまま、どこかへ走って行ってしまった。

真一は呆然《ぼうぜん》とその背中を見送った。

「……あげるなんて言ってないんだけど」

なんだか、良く分からない女の子だ。

何者だったのだろう……と、首をひねりながら再び歩き出そうとした途端。また後ろから、ダダダっと走ってくる音が聞こえてくる。

振り返ると、さっきの女の子がドーナツをくわえたまま走ってくるところだった。

「あ、あのですね。アミはドーナツが欲しかったんじゃなくて……」

女の子はもぐもぐと口を動かしながら、

「その……輪っかを探しているんですよ」

と、辺りを見回すように言った。

「輪っかねぇ……」

「輪っかっていうのは、もっと大きくて、キラキラ光ってるんです」

ドーナツを食べ終わると、女の子は両手でお皿ぐらいの大きさを作って頭の上にかざした。なるほど、ドーナツよりはかなり大きそうだ。

「だから、そのドーナツじゃなくて……」

そう言いながらも、女の子の視線は真一の持っている袋に集中している。

「……ドーナツ、欲しいの？」

「い、いえっ！　アミが探しているのはドーナツじゃなくて、その……似てるんだけど」

「………………」

「その……もう一つください」

ドーナツの魅力には勝てなかったらしく、女の子はペコリと頭を下げた。

「君の言ってる輪っかっていうのは、俺は知らないよ。知ってるのはこのドーナツぐらいだからね。……はい」

真一はそう言いながら、袋の中からドーナツを一つ摘《つま》んで渡した。女の子は嬉しそうに受け取ると、笑顔を浮かべながら齧りついた。

「このドーナツはとてもおいしいです」

「オレンジペコのドーナツだよ。この辺じゃ有名なんだけど……あ、あれ？」

真一は女の子の背後で何かが動いていることに気付き、身を乗り出してそれを見た。

「……もしかして、君の言ってる輪っかって、あれのこと？」

「あれって？」

問い返してくる女の子に、真一は彼女の背後を横切ろうとしている猫を指さした。猫の首には、光り輝く輪のような物がぶら下がっている。

「あーっ、あれっ！　アミの探している輪っか〜っ!!」

女の子は急いで猫に駆け寄ろうとする仕草をみせたが、思い直したように動きを止めると真一を振り返った。

「あ、あの……あの生き物は、凶暴じゃないですよね？」

「凶暴？」

「たとえば、一噛《ひとか》みで致命傷を与えるとか……」

「ひっかかれはしても、噛まれて死にはしないと思うけど」

……なにを言ってるんだ、この娘は？

真一は女の子の奇妙な質問に首をひねった。

「そんなことより、早く取り戻さないとどこか行っちゃうよ」

そう言っている間にも、猫はトコトコと公園を横切ろうとしている。

「はにゃ、アミの輪っか～っ！」

女の子は慌てて猫に駆け寄った。その勢いに驚いて、猫は茂みの中へと逃げ込む。女の子もその後を追いかけて、また茂みの中へと飛び込んでいった。

真一が呆然とその様子を眺めていると、茂みの中から猫の鳴き声と女の子の悲鳴が交互に聞こえてくる。

しばらくすると、腕にひっかき傷を作った女の子が、また葉っぱだらけになりながら息を切らせて戻ってきた。手には例の輪っかが握られている。

「はーっ、思ったより強敵でしたよ」

女の子は呼吸を整えながら、身体中の葉っぱをはたき落とした。

「へへ、見てください。取り戻しました。これでようやく帰ることが出来ます」

「帰るってどこへ？」

真一が問うと、女の子は無言で上空を指さし、手にしていた輪っかをそっと頭の上にかざした。輪っかは落ちることなく女の子の頭上に浮かび、背中には白い羽が出現した。

「……なっ⁉」

「天使にとって、輪っかはなによりも大切な物なんですよ。もし無くしたりしたら、天使でいられなくなるところでしたよ」

「…………………」

……天使？

頭上に輝く金のリングと、雪のように白くて綺麗《きれい》な羽。

いる……とは聞いていたが、実際に見るのは初めてだった。

「アミの輪っかを見つけてくれて、ありがとうございました」

「い、いや……俺は別になにも」

「これで帰れます」

女の子の服や髪がぼんやりとした金色の光に包まれ、ゆっくりとたなびき始めた。まるで映画のような幻想的な光景だ。

「あの……」

「な、なに？」

思わず見とれていた真一が慌てて答えると、

「良かったら、その……もう一つ、ドーナツもらえますか？」

天使の女の子は照れくさそうにおずおずと言った。真一は苦笑を浮かべると、また袋の中からドーナツを取り出して渡した。

「ありがとうございます」

女の子は礼を言うと、さっそく囓り始めた。一口食べた時、彼女の足がふわりと地面から離れて、その身体がゆっくりと宙に浮き始めた。

「このドーナツはとてもおいしいです。もし、また地上にくることができたら、ドーナツをごちそうしてくださいね」

そう言い残し、女の子は徐々に上空へと昇っていく。

やがて……その姿は、雲の合間へと消えて行った。姿が見えなくなっても、呆然と空を眺めていた真一は、ちょうど女の子が消えた辺りからなにかが落ちてくるのに気付いた。

それは一つから二つへ……やがて真一の視界一杯にと広がった。

空を覆い尽くすような雪。

真一は手袋を外すと、降りてきた雪のひとかけらを手で受け止めた。雪は瞬く間に解けて消え、すぐに次の雪が手のひらに降りてくる。

「ホワイトクリスマス……か」

ＰＡＲＴ１　転校生は天使

カーテンの隙間《すきま》から差し込む朝の日差しに促され、真一はゆっくりと目を開けた。めずらしく目覚まし時計よりも早起きできたらしい。いつものけたたましい音は聞こえずに、部屋はシンと静まりかえっている。

真一は枕元《まくらもと》を探って目覚ましを手に取った。どれぐらい早起きしたのかを確かめようと思ったのだが……。

「なんだ、こりゃ」

真一がセットした時間を十五分も過ぎている。しかも、目覚ましのスイッチは切られていた。鳴らないのは当たり前だ。

……おかしいな、確かにセットしたはずなんだけど。

ぼんやりと昨夜のことを思い出しながらベッドから身体を起こしかけた時、真一は自分の上になにかが乗っていることに気付いた。そして、それがなにかを確認した瞬間、目覚ましが止まっていた理由を察することが出来た。

「いなほっ、起きろっ」

そう声をかけると、真一の上に覆い被さるようにして寝ていたいなほが、もぞもぞと動いて眠そうな顔を上げた。

「あ、おはよう。ホラ、早くしないと学校に遅刻しちゃうよ」

「遅刻しちゃうよ……じゃないだろ」

真一は呆《あき》れて怒る気にもなれなかった。

なにが起こったのかは容易に想像がつく。真一を起こしに来て目覚ましを止めたいなほは、そのまま睡魔に襲われ、真一の上に折り重なるようにして眠り込んでしまったのだ。

「あれ……いなほ、寝てた？」

真一がそう指摘しても、いなほは大あくびをしながらのんびりとした口調で答える。

……まったく、こいつはっ！

なんにせよ、いつもの起床時間を十五分もオーバーしているのだ。真一はベッドから這《は》い出すと、壁に掛けてあった制服を手に取った。

「ほら、着替えるんだから階下に行っててくれ」

「待ってるから早くしてね」

早くしてね……もないもんだが、文句を言ってる時間すらない。

いなほが出て行くのを確認すると、真一は素早く制服に着替えた。早くしないと、本当に新学期の初日から遅刻してしまいかねない。

速攻で着替えを済ますと階段を駆け下り、洗顔も十数秒で終わらせる。朝食はちゃんと食べろ……という祖母をいなしてパンを一切れ口にくわえた。

「真一ちゃん、早くしないと遅刻するよー」

「誰のせいで遅れそうになってると思ってるんだよっ」

玄関からのんきな声をかけてくるいなほに向かって、真一は怒鳴り声を上げた。

目覚めから玄関を出るまで、約三分強。なんとか走らずに済む時間に家を出ることには成功したが、髪を梳《と》かしてくる時間すらなかった。

「へっへー、今日から新学期だね」

髪を手櫛《てぐし》で整えながら歩いていると、並んで歩くいなほが妙に嬉しそうに言った。

確かに昨日で学園生活最後の春休みが終わり、今日からは最後の一年が始まる。もっとも、初日がこれでは先が思いやられるが……。

「いい天気で良かったねー。こういう日に三年生になれて、いなほは嬉しいよ」

天気がどう関係するのか分からないが、まあ、雨よりはましだろう。

……しかし、三年生か。

そろそろ進路をどうするか決めなければならない。早い者は去年から準備を始めていたようだが、真一はまだ具体的にどうするか考えてもいなかった。

「今年も同じクラスになれるといいね」

「そうだな……」

いなほの言葉に、真一はぼんやりと応《こた》えた。

真一達の通う綾月第二学園は、普通科の他に商業科や国際経済科など様々な学科を持つ総合学園だ。そのために交換留学生や編入生も多いが、生徒数自体はそんなに多くない。

真一達の普通科は三クラス。

学校に着くと、本年度のクラス分けが掲示板に張り出されていた。

「いなほは、何クラスかなぁ……」

さっそく人込みを掻《か》き分けて、いなほはAクラスから順番に自分の名前を捜していく。

それなら、と真一は逆にCクラスから掲示板を眺めていった。捜し始めて数分も経《た》たないうちに自分の名前を見付けて、

「あった」

と、声を上げた。同時にいなほも同様の声を上げる。

……と、いうことは。

「真一ちゃん……いなほはAクラスだよ」

「俺はCクラスだ」

その言葉に、いなほは今にもその場に崩れ落ちそうなほどに肩を落とし、周りに聞こえるほどの大きな溜息《ためいき》をついた。

「どうしよう……真一ちゃんとクラスが違うよぉ。しかも教室まで離れてる」

「別に大騒ぎするようなことじゃないだろう」

確かに幼稚園からずっと一緒だっただけに、別のクラスになるというのは感慨深いものがある。だが、今まで同じクラスでいたということの方が奇跡なのだ。

それに、クラスが違っても永遠に会えなくなるわけではない。

「別にって……大変なことだよ。一緒に教室に入ることもできないし、机《つくえ》が隣になることもないんだよ。授業の問題を教え合うことだって出来なくなるし……」

「教科書を忘れた時なんか便利だぞ。同じクラスでは貸すことが出来ないもんな」

「それは……」

「テスト前の対策も、違う情報が聞けたりするかも知れない」

「……確かに便利かも」

「な、だから気にすることないって」

「う、うん……」

いなほは仕方なさそうに頷《うなず》いた。今更どうすることも出来ないし、別に年中一緒にいなければならない理由もないのだ。

「さ、教室に行こうぜ」

真一はいなほを軽くこづく真似《まね》をして、Cクラスのある校舎の方へと足を向けた。

「あ、真一ちゃん。帰り、迎えに行くから待っててね」

「へいへい」

ぞんざいな返事をしながら、真一は自分の教室へと向かった。

「おお、我が友」

教室に入ると、去年も同じクラスだったケンジが片手を上げて真一を迎えた。

「なんだ、またお前と同じクラスか」

「どうやら、俺達は深い絆《きずな》で結ばれているらしいな。さすが、前世で魔王と戦った仲間だけのことはある」

「なんだ、そりゃ……」

「気にするな」

ケンジは中学時代からのつき合いで、ずっとクラスが一緒だったこともあって、よくつるんでいる……まあ、親友と言ってもいいような男だ。

新学期が始まったばかりなので席は決まっていない。空いていた席に座ろうとした真一に、ケンジはそっと囁《ささや》いた。

「知ってるか？　今年はいつもより交換留学生や転入生が多いってさ。このクラスにも転入生がいるらしいしぞ」

「へえ……もう教室にいるのか？」

真一は周りを見回そうとしたが、ケンジは即座に否定した。

「まだ来てない。なんでもめずらしい人物とか聞いたから、外人なんじゃねえの」

どこで聞き込んできた情報か知らないが、外国からの留学生なら、普通は国際経済科とかに編入するものではないだろうか？

そのことを真一が口にすると、ケンジは「う～ん」と考え込んだ。

……まあ、ＨＲが始まれば嫌でも分かるだろう。

そう考えた途端にチャイムが鳴った。ときをおかずして、教師が教室に入ってくる。どうやら、担任は去年と同じ須藤《すどう》先生のようであった。

一通りの連絡事項の後、

「それで……このクラスには転入生がくることになった」

須藤先生が少し口調を改めて告げると、どよっと教室にざわめきが起こった。

「ちょっとめずらしい生徒だから、みんな驚かないように」

……めずらしい？

ひょっとして、ケンジが言ってた外国からの交換留学生だろうか？

「このクラスに来ることになったのは……天使だ」

須藤先生の言葉に、教室のざわめきは更に大きくなった。

天使……。サンタのように、人間とは少し違った存在。天界と呼ばれる場所に住んでいて、普通に生活していたら彼らに会うことはほとんどない。真一が知っているのは、天使は時折地上に降りてきて、人間の学校に編入して修行をするらしいということだった。

ただ、滅多にあることではない。

「まあ……天使と言っても我々と変わるところはないんだから、変に特別扱いしたり、避けたりしないように」

……そう言えば、一度だけ天使にあったことがあったな。

真一は去年のクリスマスに出会った天使のことを思い出した。確かに頭の上には輪っかが浮いていたし、背中には羽もあった。だが、その容姿は普通の人間の女の子と変わるところはなかったはずだ。

「おーい、入って来ていいぞ」

須藤先生がドアの外に向けて呼びかけると、勢いの良い返事と共に、一人の女の子が教室に入ってきた。

「は、はいっ」

……あ、あの娘。

間違いない。入ってきた女の子は、真一が去年のクリスマスに出会った天使であった。

「ホラ、まずは挨拶《あいさつ》を……」

須藤先生が天使の女の子にチョークを差し出した。名前を書けと言うことなのだろうが、女の子は少し困ったように須藤先生を見返している。

「あ、あの……『アミ』ってどういう字を書くんでしたっけ？」

「カタカナまでは読み書きが出来るって聞いていたけど」

「はにゃ〜っ、ど、ど忘れしちゃったんですよ〜」

須藤先生は眉《まゆ》をひそめて溜息をつくと、自ら黒板に大きな字で「アミ」と書いた。姓はなく、ただ名前だけのようだ。

「じゃ、改めて挨拶を」

アミという名の天使は、須藤先生の言葉に頷くと、意を決したような顔をして教室にいた真一達の方を睨《にら》み付けた。

「お……お、おいっす！」

アミは右手を挙げて大きな声で叫んだ。クラス中がドッとわいた。

「はにゃ⁉　アミはなにかおかしなことを言ったんですかっ⁉　一応、天界で教えられた通りの挨拶をしたんですけど……」

「ふ、普通に自己紹介しなさい」

「はにゃ……ごめんなさい。えっと……」

改めて自己紹介しようとした途端、アミの頭から輪っかが落ちて床に転がった。

「はにゃっ⁉　アミの大事な輪っかがっ⁉」

アミは床に転がった輪っかを急いで拾い上げると、慌てて頭の上に乗せた。

「ご、ごめんなさい。緊張すると落っこちちゃうんです。……えーっと、天使のアミです。天界から勉強にやってきました。地上には慣れていないので、失敗もあると思いますが、よろしくお願いします」

型通りの挨拶を一気に喋《しゃべ》り終えると、アミはホッとしたように息を吐いた。かなり緊張しているのが遠目にも分かる。

「……と、いうわけだ。アミくんが自分で言ったように、彼女は地上に不慣れなので誰かに案内役を頼みたいのだが……」

「あっ⁉」

呼びかける須藤先生の言葉を遮るように、教室を見回していたアミが不意に声を上げた。

「ん、アミくん、どうかしたのか？」

「はにゃ〜っ、あなた、あの時の人ですよね？」

須藤先生の質問を無視して、アミは身を乗り出しながら真一の方を見て目を輝かせた。

「なんだ広瀬。アミくんと知り合いなのか？」

「え……俺は別に……その」

咄嗟《とっさ》になんと答えるべきか迷った。確かに去年のクリスマスに出会ってはいるが、あれで知り合いになったというのだろうか？

スーーー

「じゃあ、案内役はお前に任せたからな」

真一の戸惑いなどお構いなしに、須藤先生は一方的にそう決めてしまった。


ＨＲが終わると同時に、アミは真一の元に駆けよってきた。

「あ、あの……天使のアミです。よろしくお願いします」

「俺は広瀬真一。よろしく」

挨拶を交わしながら、真一はこれからのことを想像して少し気が重くなった。

相手が相手だけに転校生に校内を案内する役だけでは済まないだろう。自己紹介でアミが自ら言っていたように、地上における常識が欠落しているのだから。

……でも、まあ悪い娘じゃなさそうだし。

「あ、あのっ……」

アミが少しためらいながら訊《き》いてきた。

「クリスマスにドーナツをくれた人ですよね？」

「うん、憶えてるよ」

真一が頷くと、アミはホッとしたように表情を緩めた。

「はにゃ～、知ってる人がいてほんとに良かったですよ～。アミは地上のことは全然知らなかったですから、怖くて怖くて……」

「地上が怖い？」

「そうですよ～。だって全然知らない場所で、知らない人ばかりだし。どんな暮らしをしているのかっていう知識もなかったですから」

……まあ、確かにそうだろうな。

天使が地上に来るなんて、真一が突然知らない世界に連れて行かれるようなものだ。不安があって当たり前だろう。

「しかも、ウワサでは夜中に恐るべき野獣がうろついているって言うし、食事は一日に十回以上も食べるらしいし……アミはそんな食べられないですよ」

アミの言葉に、真一は身体中の力が抜ける思いがした。

「……その情報は誰から聞いたの？」

「アミが地上に来る前に、先輩から教わったんです。まあ……先輩も地上に来たことはなかったんですけど」

……だまされてるって。

真一は言葉にしないツッコミを入れた。

「地上はいいところだよ。そんなのはただのウワサだって」

「やっぱり……。アミも少しはおかしいなっと思ったんですけど」

……少し？

真一は再び無言のツッコミを入れたが、違う世界に対するある程度の偏見は仕方のないことだろう。見知らぬ世界に対する恐怖心は誰もが抱くものなのだから。

「アミちゃんが思ってるほど地上は怖くはないよ。現に、俺は怖くないいんだろ？」

「確かにそうですけど……」

「まあ、おいおい慣れていけばいいよ。みんないいヤツだって分かるから」

……せっかく地上に来たんだから、地上のことが好きになってもらわないとな。

偏見を持ったまま天界に帰られるのは、真一としては不本意である。ここは自分が地上の代表となって、天界の奇妙なイメージを払拭《ふっしょく》しなければならないだろう。

「がんばってみます」

「よし、じゃあ……どこを案内しようかな」

廊下に出た真一がそう言って振り返った途端、アミのお腹がぐうっと音を立てた。

「あ……」

「……お腹空いてるの？」

真一が問うと、アミは少し照れくさそうに頷いた。まあ、天使でも腹は減るのだろう。

「じゃあ、最初に学食を案内するよ。そこでなにか買って食べよう」

今日は始業式とＨＲがあるだけなので学食で食事は出来ないが、パンなら学食に併設されている購買部で販売しているはずだ。

真一はアミを学食にまで連れてくると、購買の使い方などを説明した。

「あのっ……ドーナツも売ってるんですか？」

「あるよ。オレンジペコっていう店のドーナツなんだけど、人気があってすぐに売り切れるから、早めに来ないと手に入らないけどね」

ここでも、オレンジペコのドーナツは焼きそばパンと並ぶ人気商品だ。

店は基本的にあきらの母親が一人で切り盛りしているため、学校に納入できるドーナツの数は限られているのである。

「はにゃ～っ、ドーナツ。アミはドーナツが食べたいですよ」

そう言った途端、アミの頭上から輪っかが音を立てて転がった。

「……………………」

「はにゃ、また輪っかを落としてしまいましたぁ」

どうやら緊張した時だけではなく、気を抜いたりしても落ちるらしい。

「ま、まあ……今日ならまだあるだろう。買ってくるから、ちょっと待ってて」

アミをテーブルにつかせると、真一は一人で購買に向かった。

……そう言えば俺も少し腹が減ったな。

考えてみれば、いなほのせいで朝食はパンを少し食べただけなのだ。ついでに一緒にな

にか買って食べようか……と思った時、

「あああああっ、焼きそばパンがぁ」

と、この世の終わりのような表情を浮かべた女の子が正面から歩いてきた。

「ねえ、もしかして売り切れてるの？」

アミはドーナツでいいとして、自分は焼きそばパンでも買おうかと思っていた真一は、女の子の言葉を聞いて、思わず問いかけた。

「やーん、違うんですよぅ。わたしのお金がですねぇ」

女の子はそう言いながら胸元に手をやった。よく見ると、その娘は自分の首に大きながま口をぶら下げている。

「わたし、これからバイトなので食事を済ませようと焼きそばパンを買いに来たんですけど……そしたら、そしたら二円足りなくて買えなかったんですぅ」

うるうると瞳に涙を浮かべながら、女の子はがま口を開けて真一に見せた。中には一円玉や十円玉がたくさん詰まっている。

……まさか、百円の焼きそばパンをこれで買おうとしていたのか？

「あうううっ」

「じ、じゃあさ、足りない分を出してあげるから」

嘆き悲しむ女の子があまりにも不憫《ふびん》に思えて、真一はなだめるように言った。

「そ、そんなの悪いですよぉ。でも、でも……二円ほど貸していただけるなら」

「二円なんて……いいよ、俺が買ってきてあげるから」

「え……そ、そんな悪いですよ……」

その女の子は申しわけなさそうな表情を浮かべる。

「いいから、いいから。買ってくるから、あの天使の女の子が座ってるところにいて」

「天使……？」

きょとんとした表情を浮かべる女の子を残して、真一は改めて購買に向かった。

まだ午前中ということもあって、目的のドーナツも焼きそばパンも簡単に買えた。さすがに授業が始まると、こうはいかなくなるだろう。

商品を抱えて戻ってくると、女の子はなにやらアミと楽しげに会話していた。なんとなく似たところのある二人なので、意外と気が合うのだろうか？

「お待たせ。買ってきたよ」

「わ〜いっ、ドーナツ、ドーナッツっ」

アミは瞬時に目を輝かせると、真一から奪うようにドーナツを取り上げた。

「で、こっちが君の焼きそばパンね」

「ありがとうございますぅ！」

女の子は焼きそばパンを受け取りながらペコリと頭を下げた。

「あの、わたしは一年C組の野々村《ののむら》たえ子《こ》って言います」

「俺は……」

「三年生の広瀬真一さん……ですよね？　アミさんから聞きました」

「そっか」

「……ところで焼きそばパンのお金なんですが」

たえ子はがま口からじゃらじゃらと小銭を取り出した。

「い、いいよ……。俺のおごりにしとくから」

真一は慌てて言った。本当に小銭で支払いをされても、それこそがま口でもないと持ち運ぶことも出来ない。

「やーん、いいんですかぁ？　焼きそばパンをですかぁ？」

「あ、ああ……」

「ホントにホントですかぁ？　わたしはとっても嬉しいですよぉ」

たえ子は本当に嬉しそうな笑みを浮かべた。隣で幸せそうな顔をしてドーナツを食べているアミといい勝負だろう。

「そんなに焼きそばパンが好きなの？」

「はいっ」

たえ子の顔がキラキラと輝き出す。

「焼きそばパンはすごいですよ。ふっくらパンの中に、手間暇かけて焼いたキャベツやそばが入っているんですよ。おまけに栄養たっぷりですし」

たっぷり……かどうかはともかく、まあ普通のパンに比べればカロリーはある方だろう。

「ドーナツも美味しいですよ」

もぐもぐと口を動かしながらアミが口をはさむ。このままでは贔屓《ひいき》の食べ物合戦が始まってしまいそうだ。

「ところで……」

真一は強引に話題を変えた。話をすりかえるというよりも、さっきから不思議に思っていたことをたえ子に訊いてみたかったのだ。

「なんで、たえ子ちゃんは半袖《はんそで》の制服を着てるの？」

新学期が始まったばかりなのだから、もちろん今は春だ。だいぶ暖かくなってきたとはいえ、衣替えまではかなり間があるのだが……。

「実は……わたしの家はすごい貧乏で、恥ずかしいんですけど冬服が買えないんです」

たえ子は少し戸惑ったような表情を浮かべた。

「…………………」

真一は唖然《あぜん》とたえ子を見た。今の時代で、冬服が買えないなんてどんな貧乏なんだろう。

「あ、でも……わたしはそんなに不幸だなんて思ってないです。生活は苦しいですけど、バイト先の人もみんないい人ですし」

思わず絶句してしまった真一に向かって、たえ子は慌てて言葉を重ねた。それ以上詳しい事情を説明しようとはしなかったが、なかなかに苦労しているようだ。バイトをしているのも、この様子では生活費のためなのだろう。

「そ、そうか。たえ子ちゃんはがんばり屋さんなんだ……」

他に言いようが無く、真一は無理やりに笑顔を浮かべた。

「えへへ……こんな話をするのは先輩が初めてですよ。こういう話をすると、みんなひいちゃうんですすよ」

……だろうなぁ。

「でも、薄着でいた方が健康にいいっていいますもんね」

黙って話を聞いていたアミが、少しズレた感想を漏らした。


第一日目だけあって、始業式の後、少し長めのHRを終えるとその日は終了した。

終了と同時に速攻で帰る者もいたが、新しいクラスでもいくつかのグループが出来上がっているようで、周りでは寄り道の相談なんかが聞こえてくる。

真一はそんな様子を横目で見ながら、ノロノロと帰り支度を始めた。ケンジはなにやらバイトがあるとかで終了と同時に帰って行ったし、さてどうしようかと思案を巡らせていたのだが……。

「へっへー、迎えに来たよ。一緒に帰ろう」

聞き慣れた声に顔を上げると、教室の入り口の方でいなほが小さくを手を振っていた。

……クラスが違うのにまめなやつだ。

だが、他になんの予定もない身としては、わざわざ迎えに来たいなほの誘いを無下に断る理由もない。真一は軽く片手を上げて応えた。

「ああ、少し待ってくれ。俺にはやらねばならない仕事があるのだ」

「仕事？」

不思議そうな表情を浮かべるいなほを無視して、真一は隣の席に座っていた女の子に声を掛けた。確か自己紹介の時には七尾留奈《ななおるな》とか名乗っていたはずだ。

「なあ、アミちゃんはどうしたか知らない？」

「あの天使の子？　知らない。さっき、教室の外に飛んで出て行ったみたいだけど」

「そっか」

……帰ったのかな？

ふと、地上に来た天使というのはどこに住んでいるんだろう……と気になったが、そこまで真一が心配することではない。先に帰ったのであれば、本日の案内役としての役目も終了したということだ。遠慮なく帰ることにしよう。

「お待たせ、帰ろうか」

真一は入り口で待っていたいなほに声を掛けながら教室を出た。

「どう、新しいクラスは？」

「そうだなぁ。一人、めずらしい転校生がいたけど」

「めずらしいって？」

「うん、それが天使……」

と、真一が言いかけた時、

「うえぇーーーん!!」

その天使が目に涙を浮かべ、何かに怯《おび》えるような形相で、文字通り飛んで逃げてきた。

真一に気付くと、助けを求めるように駆け寄ってくる。

「あっ、真一さ～んっ！」

「どうしたんだ、突然……」

「なんだか分からないけど、ヘンなのがアミのことを追い回して来るんですよぉ。アミは何にも悪いことしてないのに～」

「ヘンなの？」

「頭にでっかい肉まんがついてて、アルアルとか言いながらアミのことを追いかけ回してくるんですよぉ」

　アミがそう言って廊下の奥を指さした途端、やけに派手な足音が響いてきて、一人の女の子が現れた。小柄な快活そうな女の子だ。髪を左右で丸く結っているので、確かに頭に肉まんが張り付いているように見えなくもない。

「ひゃうっ！」

　その姿を見たアミは、小さく呻《うめ》き声を上げると慌てて真一の背後に隠れた。

「待つアル～っ！　どこ行ったアルか～～っ」

　女の子は癖のある言葉で叫びながら近寄ってくると、隠れているアミの姿を見付けて、ニヤリと笑みを浮かべた。

「そこにいたアルかっ、覚悟するアルよ」

「な、なんだぁ⁉」

　事態が良く分からずに狼狽《ろうばい》する真一の存在を無視して、女の子は廊下を蹴ると軽やかに跳躍した。まるでアクション映画の主人公が繰り出すような鋭い跳び蹴りが、真一達に向かって襲いかかってくる。

「う、うわっ‼」

「はにゃっ⁉」

　真一はアミと一緒に、慌ててその跳び蹴りをかわした。

……なんなんだっ、この娘は!?

「に、肉まん女は来ないで下さいよ〜」

「誰が肉まん女アルかっ、これは中国の伝統的な髪型アルっ」

女の子はアミをキッと睨み付けると、拳法《けんぽう》のような構えで再びにじり寄ってくる。

「あ、あの娘……確か国際経済学科に交換留学でやってきた中国の女の子だよ」

呆然と成り行きを見守っていたいなほが、女の子を見て思い出したように声を上げた。

……交換留学生?

なるほど言われてみれば、髪型といい言葉といい、如何にも中国の娘らしい。

「その通りアル。ワタシは鈴凛々《りんりんりん》アル」

「な、なんで君はアミを追っかけてるの？　もしかして、こいつがなにかしたのか？」

「そいつはこの世にいるべき存在ではないアルよ。今のうちに封印してしまわなければ大変なことになるアル！　ワタシに引き渡すアル」

「この世の存在ではないって……」

真一は思わず背後を振り返ってアミと顔を見合わせた。

確かに天界の天使なのだから、この世の者ではないだろうが……。

「見るアル。これはお師匠さまにもらった霊界羅針盤アル。この世の者でない者に対してのみ反応するアルね」

女の子……凛々は木製の板を取り出して見せた。表面には難しい漢字が並んでおり、その上に浮かぶ方向を示す矢印は、確かにアミの方を向いていた。

「これに反応するし、頭にへんなものを付けてて宙に浮いてるなんて……。そいつは物《もの》の怪《け》に間違いないアル」

凛々は断言するように言うと、ポケットの中から護符を取り出した。真一を押し退けてアミに近付くと、その額にパチンと音を立てて張り付ける。

「はにゃっ!!」

「魔物封じの護符アルねっ！」

指で印を結ぶと、凛々はブツブツと呪文を唱え、アミに向かって腕を振り下ろした。

「はああっ、妖怪《ようかい》退散っ!!」

真一達は固唾《かたず》を呑《の》んでその様子を見守っていたが、光が明滅したり雷が落ちるわけでもなく、アミは平然と自らの額に張り付けられた護符を剥《は》がした。

「はにゃ〜っ、ヒドイですよぉ〜。アミのおでこが広がったらどうするんでかぁ？」

「き、効かないアルかっ!?」

「あの……凛々ちゃん？　アミは妖怪じゃないから、普通の護符は効かないと思うよ」

もっとも、何事も起こらなかったのはアミが妖怪でなかったためか、凛々の能力に問題があったのかは微妙なところだ。

呆然としていた凛々は、真一の言葉にキッとした表情を向けた。

「アンタはさっきから……一体、何者アルか？」

「俺は三年の広瀬真一。この娘の……まあ、保護者みたいなもんだよ」

不本意ながら、という言葉を呑み込みながら、真一はアミがこの学校に転入してきた天使だと言うことを改めて説明した。凛々と同様に事情を知らなかったいなほは、話を聞き終えると、よろしく～とのんびりとした口調でアミと挨拶を交わしている。

いなほは相手が誰であろうが、平和に共存できるタイプのようだ。

「あいやー、センパイだったアルか。とても失礼したアル」

凛々は真一が最上級生であることを知ると、急に態度を改めた。

「ワタシの太極拳の師匠は、目上の人への礼儀にとても厳しい人アル。今までの態度は謝るアル。ワタシのことは凛々と呼んで下さいアル」

凛々は真一に向かってペコリと頭を下げた。

「じゃ、えーと、凛々。今の説明で分かったと思うけど、アミは物の怪じゃなくて天使なんだ。確かに普通とは少し違うけど、災いをもたらしたりはしないから……」

「師匠が言ってたアル」

凛々は真一の言葉を最後まで聞かず、断言するように言った。

「悪しき芽は早いうちに摘むのが、ワタシ達武道家の務めアルね」

「いや、だから……」

「センパイには申しわけないが、やめることは出来ないアル。けど、今日だけはセンパイの顔を立てて引き下がるアルね」

そう言い残すと、凜々は開いていた廊下の窓を乗り越えて飛び出していった。

……って、ここは三階なんだけど。

真一達は唖然としたまま、凜々の消えた窓を見つめた。


「こんにちはー」

オレンジペコの店内に入って声を掛けると、奥からあきらの母親が顔を覗《のぞ》かせた。

「あら、いらっしゃい。真一ちゃんといなほちゃん」

「こんにちは。あきらちゃんは帰ってますか？」

「ええ、待っててね」

母親が引っ込むと、真一達は指定席になっていると言っても良い一番奥のテーブルについた。しばらくすると階段を下りる音が聞こえてきて、今度はあきらが現れた。

「いらっしゃい、二人とも」

「よう。帰りにいなほが、どうしてもここに寄ろうって言うんでな」

真一の言葉に、あきらはなにか用なの……という顔をしていなほを見た。

「今日、クラス替えがあったでしょ？　あきらちゃんの新しいクラスはどうだった？」

「クラス替えっていっても、商業科は二クラスしかないからね」

あきらは将来、この店を継ぐために商業科にいる。普通科にいる真一達とは、学校でも特別な行事のときや意識して会いに行かない限り、滅多に顔を会わすこと無かった。

「ああ、ちょっと待っててね」

あきらはカウンターの奥まで行くと、ハーブティとドーナツを幾つか皿に載せて運んできた。なにも言わずにあきらが飲み物なんかを出してくれる時は、たいがいオゴリとなる。

持つべきものはケーキ屋の友達だ。

「そういえば、あんた達クラスが分かれちゃったみたいね」

いなほの隣に座りながら、あきらはトレイを机の上に置いた。

「情報が早いな」

「掲示板を見たのよ」

言われてみれば、クラス替えの掲示は全校一斉に行われていたはずだ。真一達がどのクラスになったのかを知るのは簡単なことだろう。

「うん……でもまあ、クラスが別でも死ぬわけじゃないからな」

「いなほはちょっと寂しいよ。いろいろと大変だし……」

「おおげさね。こいつとなんか少しは離れていた方が、いなほのためよ」

「言いたいこと言ってくれるなぁ」

「それがあたしの生《い》き甲斐《がい》みたいなものだからねぇ」

しれっと言ったあきらはハーブティの入ったカップを口につけようとして、ふとなにかを思い出したように身を乗り出した。

「そう言えば……昨日さ、店に変な女の子がやってきたの」

「変な女の子？」

「この店の前をずっとうろついてたから、お客さんかなーと思って声をかけたのよ。そしたら走って逃げちゃったの」

「へえ、どんな女の子なんだ？」

「頭に輪っかを乗せて、背中に羽をつけてたわ」

ブッ！

と、真一は飲みかけていたハーブティを吹き出した。

その格好をした女の子と言えば、アミとしか考えられない。いつから地上に来ていたのか知らないが、すでにドーナツの匂《にお》いのする場所をかぎつけていたわけだ。

「なにか知ってるの？」

「……まあ、知っていると言えば知っているよな」

真一がチラリと視線を向けると、いなほも小さく頷いた。一人だけ事情を理解していないあきらのために、真一は再び転入してきた天使のアミのことを話して聞かせた。

当然ながら、あきらも天使の存在は知っているが実際に見たことはない。

「ふうん……あれは本物の天使だったのか」

「ドーナツ好きのな。ああ、そうだ……あきら、悪いけど持ち帰り用のドーナツを詰めてくれないか？」

「ん、いつものでいいのよね？」

あきらはカウンターに戻ると、真一がいつも買って帰るドーナツを詰め始めた。長年のつき合いだと、こういう時になにも言わないでいいから便利だ。

「これだけドーナツを食べて、家でもまた食べるの？」

いなほが呆れたような顔をした。

「すぐ食べるわけじゃないし、半分は婆ちゃんの分だよ」

真一はそう言ったが、実際に持ち帰ったドーナツは、祖母でもない意外な人物が平らげてしまうことになった。


「ただいまー」

玄関のドアを開けながら家の奥に向かって声を掛けたが、いつもなら迎えてくれるはずの祖母の返事はなかった。

……出掛けているのかな？

だが、祖母の草履はちゃんとある。そればかりか見たことのない靴が、玄関の隅に置かれていた。客でも来ているのだろうか？

真一は家に上がると、そっと居間のドアを開けて中を覗いてみた。

すると……。

「え……!?」

真一はそこにいた人物を見て唖然とした。居間で祖母と優雅にお茶を飲んでいたのは、ついさっきまで話題になっていた天使のアミだったのである。

「え？　ここはあなたのおうちだったんですか？」

アミも意外そうな顔をして、不意に現れた真一を見つめている。

「おお、真一、おかえり」

一人だけ平然としている祖母が声を掛けてきたが、真一は言葉を返す余裕もなかった。

「奇遇ですね。またお会いするなんて」

「な、なんで君が俺んちにいるの？」

「はい。学校が終わった後、道に迷っていたらおばあさんが助けてくれたんです」

「せっかくじゃけ、うちに寄ってもらったんじゃ」

祖母はごく当たり前のように言った。

「でも、アミちゃん……知らない人が怖いっていってなかったけ？」

「はにゃ～、最初は怖かったですけど、話してみるとおばあさんはいい人ですし」

まあ、確かに真一の祖母は人当たりもいいし、怖くはないだろう。祖母の方も、相手が天使だろうと話が合えばおかまいなしのようだ。

「ところで真一」

その祖母が改まった口調で言った。

「アミさんは、家がないんじゃと。若いのに気の毒とはおもわんか？」

「家がない？」

「そうなんです。地上に降りた天使は、自力で住む場所を探さなければならないんですけど、アミは全然探せなくて……」

「なんで学校で、そのことを言わないんだよ」

「だって、迷惑掛かると思って。怒られたら怖いし」

……その方がよっぽど心配だっての。

話を聞いてさえいれば、真一もそれなりの対処方法を考えることが出来るかも知れないのだ。一人で住むには色々と問題がありそうだから、誰かの家に下宿するとか……。

「ん……？」

そこまで考えて、真一はふとあることを思い出した。

「アミちゃん。……昨日、オレンジペコの周りをうろついていたって聞いたけど、それはもしかして住む場所を探していたの？」

「はにゃ〜っ、どうしてそのことを⁉」

……やっぱりか。

あまりにも分かりやすいアミの行動に、真一はため息をついた。

「どうせ住むならドーナツのある場所がいいと思ったんですけど」

アミは俯《うつむ》きながら、おずおずと呟《つぶや》いた。

ドーナツが目当てでオレンジペコに住もうする発想がすごい。もっとも、ドーナツを抜きにしても、あきらの家に下宿できればそれに越したことはないのだが……。

真一がアミの住めそうなところを色々と思い浮かべていると、

「……と、いうことでじゃな。うちにおいてあげたらどうかと思うんじゃが」

祖母がいきなり突拍子もない提案をした。

「うちに？」

確かに真一の家は祖母と二人暮らし。父親が単身赴任で県外に行っているため、家事を取り仕切る祖母がいいというならなんの問題もない。

「だけど、父さんの部屋は物置みたいになってて住めたもんじゃないし、ばあちゃんの部屋と言っても……」

「真一の部屋があるじゃろ」

「ば、ばあちゃん、アミちゃんは女の子なんだけど……」

天使といっても相手は女の子だ。男の真一と同じ部屋に住むわけにも行かないだろう。

「あの……アミは小さくなれるから平気ですよ。引き出しほどの場所を頂ければ、神様にもらった家の種で家を造りますから」

「う、うーん、しかしだなぁ」

いなほや学校にばれたらマズイことにならないだろうか？

「お願いしますよ。でないとアミは原っぱや土管の中で暮らさないといけません」

大昔のマンガじゃあるまいし、いくらなんでもそんな場所に住むことが出来るとは思わないが、このまま放り出したらアミの性格からして野良天使になりかねない。

「ここならあなたもおばあさんも全然怖くありませんし。それに去年のクリスマスや、学校、そしてここでも出会ったんです。アミは、なんだか運命を感じています」

なんだか調子よく聞こえるが、確かに三度も縁があると不思議なものを感じる。

「学校や他の人には、ここに住んでることを絶対に言いません。引き出しを間借りするだけで、基本的に別行動しますから……」

「本当に引き出し一つでいいの？」

「はい、構わないです」

「う～ん」

引き出し一つなら他にバレることはないだろう。お互いに干渉する気がない時以外は別行動なのだから。

「分かった……俺の部屋の引き出しを一つかすよ。その代わり、絶対に俺んちに住んでるって言っちゃダメだぞ」

「もちろんです。ありがとうございます」

アミはそう言って嬉しそうな笑みを浮かべた。

……まあ、面白い同居人ができたと思えばいいか。

「くんくん……この匂いは」

アミは鼻を鳴らすと、目ざとく真一の持っていたオレンジペコのネームが入った箱に視線を集中させた。

「ああ、これは……」

「ドーナツですねっ、ありがとうございます。アミの引越祝いですね」

真一がなにも言わないうちに素早く箱を奪い取ると、アミは中からドーナツを取り出して、さっそくパクつき始めた。

PART2　天使のスケッチ

新学期が始まって数週間。

暦はゴールデンウィークへと突入した。

休みが増えるのは有り難いが、未だに進路が決まらず、積極的に勉強をしようという意欲の湧かない真一は、暇を持てあます毎日を過ごしていた。

朝寝を満喫した後、ちょっと遅めの朝食を食べ終えて部屋に戻ってくると、タイミングを見計らったかのように、アミが机《つくえ》の引き出しからひょっこりと顔を覗《のぞ》かせた。

「あ、お帰りなさい」

「ただいま……って、その姿は何度見ても慣れないな」

約束通り机の引き出しを提供すると、アミはその中に小さな家を建てて住むようになった。天使が持つ能力なのか、アミは自由に自分の大きさを変えることができるようだ。

今も小さなアミは、引き出しの中からひょっこりと顔を出している。

「そうですか？　よいしょっと」

アミは引き出しから這《は》い出てくると、元の大きさに戻って、ちょこんと真一のベッドの上に座り直した。

「なにか用なのか？」

互いに生活には干渉しない約束だったはずだ。真一はいささか不愛想に問うと、椅子《いす》を引き寄せアミと向かい合うように座った。

「たまにはゆっくりお話でもしようかと思って。それともご迷惑ですか？」

「いや、そう言うわけじゃないけどさ」

「じゃあ、たまにはいいじゃないですか。遊びに来ただけですよ」

アミはそう言うと、キョロキョロと真一の部屋を珍しそうに見回した。

間接的な同居をするようになってしばらく経《た》つが、アミは最初の約束の通り、誰にもこの家に住んでいることは話していないようだし、不必要に真一の前に姿を現すこともなかった。

……まあ、確かにたまにはいいか。

天使という特殊な存在であることが理由なのか、アミはなかなか仲のいい友達が出来ないでいるようだ。それでも時間が経てば変わってくるのだろう……と、真一は少し楽観的な希望を持って見守っている。

慣れない環境で苦労しているのだから、話し相手になってやるくらいはいいだろう。

それに、どうせ暇なのだ。

「真一さん、真一さん」

アミは机の横にあったスケッチブックや絵の具の入った箱を指さした。

「これはなんですか？」

「……絵を描く道具だよ」

「へえ、絵を描いているんですか？」

「描いていた……だ。今は違う」

少し苦みを伴った思い出が真一の頭をよぎった。

そう言えば、ずいぶん前に使ったきりだ。

以来、触りもしなかったが、片付けてしまおうという気にもなれず、ずっと放置しておいたままだった。

「絵を描く道具……か」

不意に思い付いたように、アミはポンと手を打った。

「じゃあ、今日はアミと一緒に絵を描きに行きましょう」

「……って、なにを聞いてたんだよ？　今は描いてないって言ったんだぞ」

「だから、久しぶりに行きましょう。せっかくお天気がいいんですから、外に出かけなきゃ損ですよ」

アミは勝手にスケッチブックや絵の具を、側《そば》にあったバッグにまとめ始めた。一度言い出したらなにを言っても聞かない性格らしい。

「お、おい……」

「とてもステキな場所を見つけたんです。大きな樹があって、街の見渡せるところ」

アミは道具の入ったバッグを抱えると、ガラリと窓を開けた。

「それじゃ、アミは一足先に外で待ってますね」

そう言い残すと、アミは真一の返事も聞かずに羽をパタパタさせながら窓から飛んで出て行ってしまった。

……ったく、絵は描かないいって言ってるのに。

放っておこうかとも思ったが、道具を持ったまま出かけられるのはかなわない。使わなくなったとはいえ、あれは大事な物には違いないのだ。

「しょうがないな……」

真一は渋々クローゼットからシャツを取り出して着替えた。


アミが真一を案内したのは、街の外れにある展望台だった。

街を一望できる高台の公園で、多くのカップルや家族連れが訪れる場所だ。今日も気持ちの良い気候に惹《ひ》かれて、多くの人が集まっている。

……以前は、良くここに絵を描きに来たっけ。

ちょっとしたピクニック気分の人々を横目に、真一達は公園の端にある見晴らしの良い丘まで移動した。芝生の敷き詰められた広々とした丘だ。

暖かな日差しと柔らかな風を感じながら、真一はその芝生の上に転がった。確かにこんないい天気の日に家の中にいるのはもったいない。

「さあ、さっそく描きましょう」

アミは真一の隣に腰を降ろすと、さっそくバッグの中からスケッチブックと絵の具を取り出した。

わざわざ絵を描きに行こうと言い出すぐらいだから、それなりに心得があるのかと思っていたら、アミは筆も使わず紙の上にいきなり絵の具を塗り始めた。

「ダ、ダメだってっ、いきなりそんなことしたら」

「違うんですか？」

アミはキョトンとした顔で真一を見つめている。

どうやら全く初めてのようだ。

不本意な展開ではあったが、大事な道具を台無しにされてはたまらない。真一は仕方なく一から説明をするはめになった。

「絵の具はパレットの上に出すんだよ。そして、水で溶きながら使うんだ」

「へえ……」

……これは手本を見せなきゃダメか。

真一は近くにあった水飲み場から水を汲《く》んでくると、実際に絵の具を使って見せた。手前に見える樹々を、下描きもなしに手早く描いていく。

「はにゃ〜、上手いですねぇ」

手元を覗き込んでいたアミの言葉に、真一はハッとなって手を止めた。描くつもりは無いはずだったのに、筆を持つといつの間にか夢中になっている自分に気付く。

「か、感心してないで、今度はアミが好きなように描くといいよ」

描きかけだった絵をスケッチブックから破くと、真一は使っていた道具類をアミに押しつけた。

「もったいない……綺麗《きれい》な絵だったのに。真一さん、もうやめるんですか？」

アミは真一が丸めてしまった絵を名残惜しそうに見つめた。

「言っただろ、描かないって」

真一は再び芝生の上に横たわった。

なんだか面白くない。絵をやめるということは自分の中でちゃんと整理できていると思っていたのに、心の何処かに未練が残っていたようだ。

……俺は母さんのようにはならない。

自分自身に言い聞かせるように、真一は何度も同じ言葉を胸の奥で繰り返し呟《つぶや》いた。

「るんるるる〜、白い紙に絵の具〜♪　青い空に〜ららら、ドーナツ一つ〜♪」

音程の外れた脳天気な歌を歌いながら、アミはご機嫌な様子で筆を走らせている。

以前は真一もそうだった。

絵を描いているだけで幸せな時期があったのだ。

……あれから。母さんが出て行ってから、もう何年経つんだろう。

「真一さん、真一さん」

「ん……？」

青く広がる空を見つめながらぼんやりと過去のことを思い出していた真一は、不意に名前を呼ばれて顔を上げた。

「ちょっと見てもらえますか？」

アミがスケッチブックを突き出してくる。

真一は身体を起こすと、描き上がったばかりの絵を眺めた。

「へえ……結構いいじゃないか」

稚拙な感じはするが、大胆な色使いなどはある程度のセンスを感じる。特に雲がドーナツの形をしているところなどはいかにもアミらしい。

そう言って誉めると、アミは嬉しそうな笑みを浮かべた。

「真一さんは、もう描かないんですか？」

「だから、俺は……」

「そんなこと言ってないで描きましょうよ。せっかく来たんだから」

アミは促すように真一の袖《そで》を引っ張った。

嫌だと言っても、なかなか聞き入れてもらえないようだ。

「だけど……」

「ほら、描きましょう」

渋る真一にスケッチブックを押しつけると、アミは立ち上がって奇妙なポーズをとった。

どうやら自分をモデルにしろということらしい。

「アミを……描くの？」

「えっ、ち、違いますよぉ」

アミは少し顔を赤らめながら慌てて手を振ったが、やがて真一をチラリと見ると、うつむき加減で囁《ささや》くように言葉を続けた。

「……でも、少しは描いて欲しいなって思いますけど」

真一は思わず苦笑してしまった。

アミがここまで言うのだ。せっかくだから、一枚ぐらいは描いても良いだろう。

「……分かった。アミを描いてあげるよ」

「はにゃ〜、ホントですか？」

「わさわざ嘘《うそ》なんかつかないよ。で、どんな絵を描いて欲しい？」

「アミの似顔絵を描いて下さい」

「じゃあ、ポーズなんか取らなくていいからそこに座ってて」

目の前にアミを座らせるとスケッチブックを広げた。

人物画を描くなんて何年ぶりかのことだ。戸惑いはあったが、一度筆を持って描き始めると、徐々に勘が戻ってきて自然に手が動きだした。

あっという間に、アミの上半身を描いた絵が出来上がっていく。

「どんな絵が出来るかたのしみですよ」

「あっと……描いてる途中に動くんじゃない。後少しだよ」

ほとんど手を止めることなく、三十分足らずで絵は出来上がってしまった。真一は最後に赤い絵の具を溶かして、スッと絵の中のアミの頬《ほお》に入れた。

「よし、完成」

「見せて下さいよ」

アミは急いでにじり寄ってくると、真一とスケッチブックの間に割り込んできた。

そして、そこに描かれている自分の絵を見て、

「はにゃ〜！」

と、感嘆の声を上げた。

「すごいですっ！　アミが描かれていますよ！」

覗き込んでいるだけでは物足りなくなったのか、アミは真一からスケッチブックを取り上げると、食い入るようにして自分の似顔絵を見つめた。

「アミはすっごく嬉しいですよ」

「それ、アミに上げるよ」

真一がそう言うと、アミは「え？」と真一を振り返った。

「もらっていいんですか？」

「だってアミを描いた物だからね」

「はにゃ〜っ、アミはこの絵を一生大切にします。ありがとうございます」

その後、真一は夕暮れまでアミと一緒に色々な絵を描いた。

自分の描いた絵を見て素直に喜んでくれるアミに触発されたせいか、なにもかも忘れて没頭してしまった。

これだけ熱心に絵を描いたのは久しぶりのことであった。


休み明け。

いつものように一緒に学校へ向かう途中、いなほが不意に真一の顔を覗き込んだ。

「ね、確か昨日からおばあちゃんいなかったよね？」

確かに真一の祖母は昨日から敬老会の旅行に出掛けている。だが、そのことをいなほに話した記憶はなかったはずだ。

「……よく知ってるな。お前、俺んちの婆ちゃんマニアか？」

「違うよー」

真一の言葉に、いなほは面白そうに笑った。

「昨日、おばあちゃんがうちに頼みに来たんだよ。真一をよろしくって」

「婆ちゃんのやつ、いなほにそんなことを言ってたのか」

「うん。それで、おばあちゃんがいないってことは今日はお弁当ないんでしょ？」

「学食にでも行くさ」

これまでも、祖母に用事があって忙しい時は学食を利用している。多少、量が少ないという不満はあったが、種類の豊富さでは学食の方がはるかに勝っている。

……まあ、たまにはいいさ。学食へ行くならアミでも誘おう。もっとも、あいつはいつも購買のドーナツで昼食を済ませているようだけど。

と、そんなことを考えていた真一に、いなほが意味ありげな笑みを向けた。

「そんなことだろうと思った」

「え……？」

「実はね、今日はお弁当を二人分作ってきたんだよ」

「それって……もしかして、俺の分を？」

「へっへー、モチロンだよ」

よく見ると、いなほは自分のカバン以外に別のバッグを抱えている。そのバッグを軽く持ち上げて真一に見せると、今日のは自信作だよ、と胸を張った。

「おおっ、そいつはラッキー」

真一は素直に幼なじみの厚意を喜んだ。

以前、いなほは信じられないほど料理がヘタだった。本の通りに作っても全く違う味になったし、形に至ってはぐしゃぐしゃでとても食欲の湧かない物ばかり作っていたのだが、真一が何度も食べて指導（文句）をしているうちに、だんだん上手くなってきたのだ。

今では随分と美味しい料理を作るようになっている。

「へっへー、喜んでもらえて、いなほは嬉しいよ」

いなほは真一の様子を見て満足げに微笑《ほほえ》んだ。


昼休みを告げるチャイムが鳴った時、真一は空腹状態の極限にあった。

たっぷりと作ってきた……というしなほの言葉に途中で買い食いもせず、ジッと昼休みが訪れるのを待ち続けていたのである。

すでに教室では弁当を食べる者もいれば、パンを齧《かじ》っている者もいる。

そんな連中を横目で見ながら耐え続けていた真一は、教室の入り口から聞こえてきたいなほの声にガバッと上体を起こした。

「真一ちゃん、来たよー」

「待ちかねたぞ～っ。早く食べよう」

真一はいなほのために空いていた隣の席の椅子を引き寄せてやった。いなほはその椅子に座ると、膝《ひざ》の上にバッグを抱え上げる。

「へっへー、そんなに楽しみに待っててもらえるなんて大カンドーだよ。じゃあ、さっそくお弁当のお披露目をしようかな」

いなほはそう言って、バッグからまず丸い弁当箱を取り出した。

「これは唐揚げね」

「ほう」

「で、これがご飯とミートボールでしょ」

「美味そうだな」

「サラダと、こっちがハンバーグのチーズ巻き。それにいんげんのたまご巻きと煮物」

……なんだか次々と出てくるな。

「さらにレンコンのきんぴら煮、白身魚のあんかけ。人参《にんじん》のグラッセに……」

「お、おい……まだ出てくるのか？」

さすがに驚いた声を上げると、いなほは意外そうに首を傾げた。

「え？　だって、まだ半分ぐらいだよ」

「……誰が食べるんだよ、こんなに」

「真一ちゃん」

「…………………」

「だって、たっぷりお腹をすかせて待ってるって言ったでしょ？」

……そりゃ、確かに言ったけど。

まさかバッグに入っているのが全て弁当だとは思わなかった。

唖然《あぜん》と見つめる真一をよそに、いなほは次々と弁当を取り出して行く。そのバッグは四次元に繋《つな》がっているのかっ、とツッコミを入れたくなるほどの量だ。

「はい、これで全部だよ」

いなほがそう告げた時、真一の机だけでは足りずに、隣から借りた机の上まで隙間《すきま》無く弁当箱やタッパーが並べられていた。

「…………………」

「へっへー、美味しそうでしょ？」

「ま、まあな。美味そうだけど……」

果たして、これだけの量を二人だけで消化できるものだろうか？

いなほは割り箸《わばし》を取り出して二つに割ると、手前にあったハンバーグを摘《つま》んで真一の前に差し出した。

「はい、あーん」

「んっ」

空腹状態であった真一は、反射的に差し出されたハンバーグにかぶりついた。

「うまいっ！　……けど、こんな格好の悪い真似《まね》をさせるなっ」

「嬉しそうな顔してたくせに」

「じ、自分で食べられるよ」

真一は思わず赤面すると、いなほが持っていた箸を奪い取った。

誰もいない場所でならともかく、教室ではこれほど恥ずかしいこともないだろう。現に少し離れた場所でパンを囓っていたケンジが、ニヤニヤと真一を見つめている。

ここで自分達を見ている連中になにか言うのは、火に油を注ぐようなものだ。

真一は黙って、目の前の弁当を食べることに集中した。

「ありゃ、これはなんのお祝い？」

不意に聞こえてきた声に顔を上げると、いつの間にか隣にはあきらが立っていた。大量の弁当を不思議そうな顔をして覗き込んでいる。

「なんだ、あきらか」

「どうしたの？　このお弁当の山は……」

「いなほが作ってきた弁当だよ」

「へえ……美味しそうね。でも何人分なの？」

「俺といなほの二人分……だってさ」

「ふ、二人分？」

あきらは唖然とした表情を浮かべると、机に並んだ弁当と真一の顔を交互に見比べた。

「せっかくだから、たくさん作ってきたの」

「……せっかくだから、ねぇ」

あきらは少し呆《あき》れたような表情を浮かべたが、思い直したように、近くにあった椅子を引き寄せて座った。

「ま、あたしが入れれば少しは減るでしょ」

「おまえ、なにしに来たんだ？」

「今日はお弁当がなかったから、あんたを学食に誘いに来たのよ。ちょうど良かったわ」

「へっへー、じゃあ、みんなで食べようね。いなほはにぎやかで嬉しいよ」

いなほは笑みを浮かべながら、予備の割り箸をあきらに渡した。

確かに賑やかな食事は楽しいが、のんびり食べているとすぐに昼休みは終わってしまう。なんといってもこれだけの量なのだ。

真一は空腹だったせいもあって、しばらく食べることだけに専念した。

「でも、これだけの量を作るとなると、かなり早起きしたんじゃない？」

「夜の一時まで仕込んで……朝は五時起きだったかな？」

「そんなに早起きしたの？」

真一のためにねぇ……と、あきらは箸をくわえたまま意味ありげな視線を真一に向けた。

「感謝しなさいよね。持つべきものは幼なじみの……」

「うるさい。俺は今、食べることに忙しいのだ」

不愛想な声であきらの言葉を遮ると、真一はひたすら弁当を食べ続けた。

その姿を見て、あきらはなにか言い返そうと口を開き掛けたが、やがて諦《あきら》めたように肩をすくめた。

……言われなくても分かってるよ。

真一は絶え間なく口を動かしながら、チラリと横目でいなほを見た。

物心ついた頃から一緒にいる幼なじみ。

いなほの真一に向けられる好意は、その延長線上のものだけではない。

自惚《うぬぼ》れているわけではなかったが、いなほは恐らく自分のことが好きだろう……と、真一は思う。

無論、真一もいなほのことが好きだったが、どうしても幼なじみの域を出ず、一人の女の子として意識できずにいた。

幼なじみが恋人同士に発展するのは難しい、と以前に聞いたことがある。なまじ一緒にいる時間が長いために、家族のような感覚になってしまうからだろう。

……俺達の場合もそうだよな。

でも、これればかりは考えてもどうしようもない。

自然に任せるしか方法がないのだ。

ヘタにどちらかが動けば、今までの関係すら破壊してしまいかねないのだから。

中学時代から真一達と一緒に過ごしてきたあきらには、それが充分に分かっているのだろう。時々、歯痒《はがゆ》そうに背中を押してくることはあっても、決して無理強いや無責任な冷やかしの言葉をかけては来なかった。

「そう言えば、そろそろ希望の進路を学校側に報告する時期よね」

なんとなく沈黙してしまった座を盛り上げるように、あきらが不意に話題を振ってきた。

「そうだね。結構ゆううつだよ」

いなほは箸を止めるとため息をついた。

「進路どうするんだっけ？　いなほは」

「うん、一応、綾月中央大学に行こうと思ってるんだけど……」

「へえ……大学かぁ。ところであんたは？」

「……俺も大学を受験するよ」

自分に話を振られた真一は、少し考えてから答えた。

「大学へ行って……それから先は？」

「さあ、まだそこまで考えていない」

別に将来になにがしたいという希望があるわけではない。

自分がなにをすればいいのか分からない状態のままなので、とりあえず大学へ……ということだ。

はっきり決めたわけではなかったが、受験するのはいなほと同じ綾月中央大学になるだろう。この町の近くに三つある大学の中では比較的楽に入学できそうなレベルの大学だ。

「あ〜あ、将来の展望がない人は大変だこと」

「あきらはいいよな。オレンジペコを継ぐ気なんだろ？」

「ん、まあね」

「うらやましいよ」

真一は本心から言った。

「成績も卒業できればいいんだもんな。商業科の試験は俺達に比べれば簡単だし、その上進路で悩むこと無いんだもんなぁ」

「ちょっとー、随分と商業科を舐《な》めてない？」

真一の言葉に、あきらは憤慨したようにドンと机を叩《たた》いた。

「そりゃ、試験は普通科に比べれば楽かも知れないけど普段が大変なんだから。商業科はね、簿記三級とそろばん三級を取らないと卒業できないのよ」

「そうなのか？」

「そうよ、あんたが思ってるほど楽じゃないのよ、商業科も」

「あきらを見てると大変そうには見えないけどな」

「あたしは陰で努力するタイプだからね」

ぬけぬけと言い放つと、あきらはにやりと笑った。

学園生活はもう一年もない。その間に夢や希望と現実を比較して、将来自分が進むべき道を見付けなければならないのである。

……俺の夢、か。

不意に、この前アミと一緒に絵を描きに行った時のことが思い出されたが、真一は慌てて頭を振って、その記憶を頭の隅に追いやった。

あの時は特別だ。

もう……描かないと決めているのだから。


とりあえず進学を希望する。

と言っても、大学は簡単に入学できるものではない。

せいぜいテスト前にしか勉強をしなかった真一も、受験生という肩書きが付いてしまうと、休みの日にも机に向かわざるを得なくなってしまった。

もっとも、朝から晩まで勉強しているというわけではなく、机に向かっている時間が以前に比べて多くなったという程度だ。今も向かっているのは机ではなく商店街の本屋。それも参考書を買いに行くわけではなく、目的は月刊のマンガ雑誌である。

……人間、息抜きも必要だ。

真一は自らをそう納得させて、徐々に強くなりつつある日差しを受けながら公園の側を通りかかった。公園には母親に連れられて遊びに来ている子供達の姿がある。

……いいよなぁ、子供の頃は悩みがなくて。

子供達を見ながら、真一は、ふと自分の幼い頃を思い出してみた。記憶にあるのは、いなほと一緒に日が暮れるまで遊び回っていたことだけ。まさか十数年後に、自分が受験で苦労するなどとは考えもしなかった。

……そういえば、幼稚園はこの辺りだったよな。

昔の記憶から連想して、真一は思い付いたように足を止めた。通っていた幼稚園は、ここからほんの少し行った場所にある。

今はどうなっているんだろう……。

懐かしさもあって、なんとなく見てみたくなった。机から遠ざかっていたいという心理が働いたせいもあるだろうが、真一は少しだけ寄り道してみることにした。

公園を突き抜けて、いつも使う入り口とは反対側の場所まで歩く。樹々の向こうにカラフルな色をした幼稚園の園舎が見えてきた。

……以前のままだな。

近寄って金網越しに園内を見渡すと、記憶にある滑り台や砂場が当時と変わらぬ位置に存在していた。その施設を使い、今も子供達が黄色い声を上げながら走り回っている。

自分が走り回っていた頃はこの運動場も随分広く感じられたものだが、今見ると一目で見渡せる程度の広さしかない。

それだけ自分が大きくなったと言うことなのだろう。

「あれ、真一ちゃん」

不意にどこかで聞いたことのあるような声が聞こえてきた。真一は声のした方を見て、思わず目を見開いた。

「い、いなほ？」

「どうしたの、こんなところで」

「それはこっちの台詞だよ」

幼稚園の運動場には、子供達に囲まれたいなほがいた。エプロンを付けたその姿は、すっかり幼稚園にとけ込んでいる。

「なにしてるんだよ、こんなところで」

「え？　バイトよ。お手伝いなの」

「バイトって、おまえ……勉強はいいのかよ？」

「うん。お昼の間だけだし、それに……今月一杯の約束だから……」

いなほは語尾を濁しながら、もじもじと答える。なんだか、見られたくないところを見られてしまったという感じだ。

「あら、もしかして広瀬くん？」

いなほの横から見たことのあるような女性が現れた。

年の頃は三十代の半ばと言うところだが……。

「……もしかして、小宮山《こみやま》先生ですか？」

真一は記憶の中から、埋もれていた女性の名前を掘り起こして口にした。

「あら、憶えててくれたの？」

小宮山先生は嬉しそうな笑みを浮かべた。

真一といなほが幼稚園にいる間、ずっと担任をしてくれていた先生だ。さすがに当時と比べて年を取った感は否めないが、顔立ちは昔のままだ。

「お久しぶりです」

「大きくなったわね。さあ、そんなところに立ってないで中にお入りなさい」

感慨深げな小宮山先生に導かれて、真一は幼稚園の敷地の中に入った。

……この小さな門をくぐるのは何年ぶりだろう。

狭い運動場を通り抜け、園舎の側に並んだベンチに腰掛ける。小宮山先生はその隣に座ると、幼稚園の近況について話をしてくれた。

「へえ、今は園長先生をなさってるんですか」

「ここは元々、うちの叔母……あなた達の時の園長先生ね。その叔母の幼稚園だったから、引退後はそのまま私が引き継いだのよ」

小宮山先生以外の職員は全て入れ替わっているらしい。そのことに、真一は時の流れを感じずにはいられなかった。あれから十数年が経っているのだ。

「ところで……」

と、真一は黙って二人の話を聞いていたいなほを振り返った。

「なんで、おまえがここでバイトしてるんだ？」

「えっ、あの……その……ね」

「佐倉さんね、この前、広瀬くんみたいにここを見に来たの」

言葉を詰まらせたいなほに変わって、小宮山先生が事情を教えてくれた。

「その時にね、熱心に子供達を見てたから、手伝ってもらえるかって聞いたの。そうしたら、ぜひっていうからバイトに来てもらうことにしたのよ」

「へえ……いなほ、お前子供が好きだったのか？」

「う、うん。久しぶりに来てみるとね、なんだかとても楽しそうだったから」

考えてみれば、いなほの世話好きな性格はこういう仕事に向いてるかも知れない。

意識したことはなかったが、いなほは確かに子供受けが良かった。レベルが同じというべきか、すぐに打ち解け合うことができたし、もともと扱いが上手かった。

「先生の一人が今月一杯お休みなんだって。だから、その間のお手伝いなの」

「バイト料もいいしね」

小宮山先生がそう言うと、いなほは照れくさそうに笑った。

……けど、受験勉強の方は大丈夫なのだろうか？

人事ながら心配になった。いなほの成績は真一と大差ないのだ。

「そういえば……あなた達、今年受験なんですって？」

不意に、小宮山先生が二人の顔を交互に見比べた。

「え、ええ」

「早いわねぇ。ここに通っていたのが、ついこの間のような気がするのに……」

「………………」

思い返してみれば、確かにそんな気もする。

卒園してからずいぶんと経つが、なにも変わっていないここの風景を見ると、通っていたあの頃が、つい昨日のように思えてくる。

「佐倉さんと広瀬くんは、いろんな意味で目立つ子だったから、よく憶えてるわ」

「そうなんですか？」

「だって、広瀬くんは絵ばかり描いてたし、佐倉さんはその広瀬くんを一生懸命連れまわそうとしてたし」

「そ、そうだったかな……」

なんだか昔のことを言われると気恥ずかしい気がする。

さすがに幼稚園の頃の記憶は断片的にしか残っていないので、自分の幼い頃のことを知っている人物というのは、ある意味苦手な存在になるものだ。

ましてや、それが幼稚園の先生なら尚更である。

「そう言えば……昔、佐倉さんは幼稚園の先生になるっていっていたことがあったわね」

「そんなことありましたっけ？」

「広瀬くんみたいな子の世話をするんだって……」

「なんだよ、それ」

いなほの世話好き……というか、お節介はその頃からのようだ。

「えーっ、いなほ、憶えてない」

「佐倉さんは幼稚園の先生になる気はないの？」

「……一応、大学に行こうと思ってるんです。なにをするにも、まずは大学かなぁって」

「広瀬くんも佐倉さんと同じ大学に行くの？」

「まあ、俺らの学力だと綾中大が適当かと……」

謙遜《けんそん》ではなく事実であるところが悲しい。

もっとも、その綾月中央大学も簡単には入学できないのが現状だ。

「まあ、なんにせよ目的を持って行動するのはとてもいいことだわ。是非、大学に入学できるようにがんばって」

「せんせー、遊ぼう」

いなほの元に一人の女の子が駆け寄ってきた。

バイトといえども、ここの子供達にとっていなほは先生なのだ。

まだ先生と呼ばれ慣れてないのか、いなほは少し戸惑いながら立ち上がると、女の子に手を引かれて子供達の中へと入っていった。

「佐倉さんて、子供達に人気があるのよ」

「まあ、そうでしょうね」

「きっといい先生になると思うけどな」

小宮山先生は、そう言って子供達と遊んでいるいなほに目を向けた。

子供達と一緒にいるいなほはとても楽しそうだ。そんな姿を見ていると、確かに幼稚園の先生に向いているかも知れない……と、真一も小宮山先生と同じことを感じた。

PART3　キューピッド失格

新しいクラスに替わり、球技大会や、中間、期末などのテストをドタバタとこなしているうちに、あっという間に一学期は終わってしまった。

三年生の夏といえば、受験勉強がそろそろ本格化する時期だ。

もちろん真一も例外ではない。特に期末テストの結果が惨憺《さんたん》たるものだったので、夏休みに入ってからは反省の意味も込めて、参考書とにらめっこをする日々が続いていた。

「真一さん、ちょっといいですか？」

机《つくえ》の中から小型化したアミが顔を出した時も、真一は英語の教科書を最初から読み直している最中だった。

「……どうしたんだ？　浮かない顔して」

いつもの脳天気さが感じられず、真一は思わず勉強の手を止めてアミを見た。

アミは力無く引き出しから飛び出てくると、元の大きさに戻ってベットの上に座った。

その姿からは、いつもの勢いや元気さは全く感じられない。

「もしかして……悩み事か？」

真一は意外に思いながら尋ねた。もちろん天使も悩むことはあるのだろうが、アミはそう言った繊細なイメージからはほど遠い存在に感じていたのだ。

アミは真一の質問にしばらく躊躇《とまど》っていたが、やがて思い切ったように口を開いた。

「実は……アミは地上の世界に向いていないんじゃないかと思いまして」

「どうして？」

「ようやくクラスには慣れてきたし、一人で街も出歩けるようになったんですけど……」

真一にはなんとなくアミの言おうとしていることが分かったような気がした。地上に来て数ヶ月経《た》つというのに、未だにアミには特定の仲の良い友達ができずにいるのだ。

無論、クラスの連中が意識してアミを避けているわけではない。恐らく天使という特異な立場にある者を、どう扱っていいのか分からないだけなのだろう。

「それに授業の方も難しいし……」

アミはため息をつきながら肩を落とした。

「特に古典の授業なんて、先生がなにを言ってるのか全然分からないんですよぉ」

「心配するな。俺にもさっぱり分からない」

そう言ってやろうかと思ったが、仮にも受験生が口にするには、あまりにも情けないような気がしたのでやめることにした。

「まだそんなことをおっしゃっているんですか？」

不意に声が聞こえてきた。

振り返ると、いつの間にか真一の部屋の開いた窓に一人の女の子が腰掛けている。眼鏡をかけた知的な顔立ちの女の子だ。

その女の子は座っていた窓辺からふわりと浮かび上がると、真一の側《そば》まで飛んできた。

そう……その女の子は、アミと同じような羽を持っている。

「さ、沙菜《さな》……」

アミはその女の子を見て、引きつったような表情を浮かべた。

「サナ？」

真一はアミと、アミが紗菜と呼んだ女の子を交互に見比べた。

「さ、沙菜……なにしに来たの？」

「もちろん、お姉さまの様子を見に来たのですわ」

沙菜は右の中指で眼鏡を押し上げながら言うと、呆然《ぼうぜん》と自分を見つめている真一に向かって笑みを浮かべて見せた。

「あ、申し遅れました。わたくしは天使アミの妹で沙菜と申します」

「妹……？」

アミに妹がいるとは初耳だった。しかも、なんだかアミとは全く雰囲気の違う、落ち着いた印象の娘である。真一は意外な面持ちで目の前の女の子を見つめた。

「よろしくお願いしますわ。真一さん」

「ど、どうして俺の名を？」

「天界に問い合わせたのですわ。姉がお世話になっている方ですもの。名前ぐらいは存じ上げていないと失礼ですわ。一度ご挨拶《あいさつ》にお伺いしたかったですし……」

「わざわざ天界から？」

「いいえ、天界から地上へは簡単に来れるものではありません。わたくしもお姉さまと同じく、地上に勉強にきているんです」

紗菜はそう説明し、お姉さまと違ってわたくしは成績優秀ですけど……と付け足した。

確かに外見や言葉遣いを比べるだけでも、アミとは違ってかなり上品な感じがする。

「様子見なんて、大きなお世話よっ！」

アミが憤慨するようにベッドから立ち上がった。まあ、確かにここまでは言われて黙っていれば、姉としての立場がないだろう。

「アミだって、ちゃんと勉強してるんだからっ」

「あら、その割には地上は向かない……とか聞こえてきましたけど？」

「はにゃ……そ、それは……」

回復しようとした姉の立場は一瞬にして失墜してしまった。

ガックリとうなだれるアミをよそに、紗菜は真一を振り返るとペコリと頭を下げた。

「と、いうことで……真一さん。なにぶんにも落ちこぼれですので、ご面倒《めんどう》をおかけするとは思いますが、姉のことをよろしくお願いいたします」

「あ、ああ……」

紗菜の迫力に押されて、真一は反射的に頷《うなず》いた。

「そんな……アミをお荷物みたいにっ！」

アミはくじけかけた気持ちを奮い立たせるようにして叫ぶと、

「そんなに迷惑なんてかけてないですよね？」

と、真一を振り返った。

「いや……まあ……な」

あえて、真一は明言を避けることにした。はっきりと断言できないのが悲しい。

「自覚が大切ですわよ、お姉さま」

「うーっ、うーっ」

アミは言い返せない悔しさに地団太を踏む。まるで、どうあっても妹に勝てない宿命でもあるかのようだ。

「紗菜……ちゃんも、やっぱり地上で暮らしているの？」

「ええ、隣の飯塚市でお世話になっています」

「でも話を聞いてると成績優秀みたいじゃないか。わざわざ地上に来てまで、どんな勉強をしているんだ？」

「勉強というのは、学校の勉強だけではありませんわ」

紗菜はさも当然という表情を浮かべた。

「と、いうと？」

「天使は地上に研修に来る際、特になにを勉強しろと命じられるわけではありません。各自が地上で学ぶべきことを見付けることから始まるのです」

「なるほど……」

真一は単純に納得した。確かに地上で古典の勉強をしたところで、天界に帰ってから特に役立つということもなさそうだ。

「ちなみに、お姉さまはそれが見つかりましたか？」

「うっ……」

アミは思わず後ずさりした。なにも答えなくとも、その態度が紗菜の質問にはっきりとした答えを示している。やれやれ……と、紗菜は肩をすくめた。どうあっても勝てそうにもないアミを見ていると、真一は思わず同情したくなった。

……この二人は本当の姉妹なんだろうか。外見もそうだが、性格まで対照的のようだ。

「ところで……沙菜ちゃんも、やっぱりアミみたいにドーナツが好きなの？」

真一はふと思い立って訊《き》いてみた。性格や外見はともかく、嗜好《しこう》ぐらいは似てるのではないかと思ったのだ。

「え……ドーナツ？」

途端、カラカラと音を立てて紗菜の輪っかが床に転がった。

「し、失礼しました。ドーナツと聞いて、つい取り乱してしまって……」

動揺や緊張など極度に感情が変化したり、気を抜いたりすると、頭の上に浮いている輪っかが落ちてしまうのだと聞いたことがある。

……つまり、そういうことか。

「ふふふ……修行が足りないわ、紗菜」

転がった輪っかを追い掛ける紗菜に向かって、アミは初めて勝ち誇ったように言った。

「……どうでもいいけど、アミの輪っかも落ちてるからな」

「え、あれ？」

今度はアミも床に転がった輪っかを慌てて拾い上げる。

……やっぱり姉妹だ。

真一はようやく納得できた気分だった。


「真一さん、真一さん」

紗菜が訪れてから数日後。アミはいつものように引き出しの中から飛び出てくると、両手に抱えていた本を真一の前に突き出した。

「これは？」

「真一さんからお借りしていた本です」

この数日、アミは自分の学ぶべき事を見付けるのだと言って、真一の部屋にあった本やマンガを片っ端から読み倒しているようだ。それで見つかるのだろうか……とも思うが、最初のとっかかりは案外身近なところにあるのかも知れない。

「この本がどうかしたのか？」

「これらの本を読んでて思ったんですけど、地上での天使のイメージって、大体が恋を叶《かな》える存在なんですね？」

アミは少し興奮したようにまくし立てた。

「まあ……そうなのかな？」

思い返してみると、確かにそんな感じがしないでもない。

……けど、アミの場合はどうなのだろう？

キリスト教の天使とギリシャ神話のキューピッドは、どちらも背中には羽、頭上には輪っかという共通点があるので混同して認識されていることが多い。

恋を叶えるのはキューピッドの方なのだが……。

「それでですね、アミは考えたんですよ。ホラ、前に言ったじゃないですか。天使は地上で自分のすべきことを見つけなきゃいけないって」

「あ、ああ……」

「アミは人々を幸せにしたり、恋を叶えたりする存在になろうかと思いまして」

「恋を叶える存在……ねえ」

どうも想像しにくかったが、真一はとりあえず相槌《あいづち》を打った。

その真一の態度に自信を持ったのか、アミは持っていた本の中から二、三冊を取り出すとなにやら説明を始めた。

「例えばこれなんですけどね、恋に悩む少女達を、主人公が愛のパワーでどんどん助けていく話なんですよ」

それはいなほが貸してくれた素《す》っ頓狂《とんきょう》な話のマンガだった。確かストーリーが途中で破《は》綻《たん》してしまうので最後まで読まなかった本だが、アミはかなり感銘を受けたらしい。

「こっちの方は、宇宙人からもらった力で世の中のために戦う少年の話です」

「ああ、そうだったけど……」

こちらの方は、どう天使と関係するのかよく分からない。そんな真一の心境を読み取ったかのように、アミはぐっと拳《こぶし》を握りしめて言葉を続けた。

「とにかくアミが思うのは、人々を幸せにし、愛に導くのがどんなにすばらしいか……と言うことなんです」

なんだか受け売りっぽいが、本人は至極真剣のようだ。

「どう思います？」

「ま、まあ……いいんじゃないか？　なんだか天使らしいし」

「ですよね？」

「難しいだろうけど、やりがいのあることだと思う」

ただ問題は、それをアミにやれるのかどうか……である。

そんな真一の心配をよそに、アミはやる気満々という態度で頷いた。

「はい、がんばります」

アミがどう頑張ったのか、真一が実際に知るのはしばらく後のことであった。


夏休みが終わって二学期が始まった。

学園生活におけるこの時期のイベントとしては、体育祭や学園祭が挙げられるだろう。

真一達の綾月第二学園では、春に行われた球技大会が体育祭の代わりとされるので、残されているのは学園祭のみである。

しかし、この学園祭は毎年かなりの盛り上がりを見せるので有名だ。

特に今年は、現役のアイドルグループ「Ｄｅａｒ」のメンバーである月島《つきしま》カオリが学園に入学してきているので、学園祭の実行委員達はかなり張り切って、彼女のミニコンサートなどの企画を立てているようである。

真一を含め、受験を控えている三年生の進学組は積極的に参加する余裕はなかったが、お祭り気分だけは充分に味わえるだろう。

……まあ、たった一日だけのことだ。

その間ぐらい勉強を休んでも罰は当たらないだろう。

そう自分を納得させ、真一は翌日に迫った学園祭を楽しみにしていた。特になにかをやる予定がない以上、逆に純粋な客として学園祭を楽しむことができるかも知れない。

授業が終わった後、そんなことを考えながら帰り支度をしていると、

「ねえ、広瀬くん」

隣の席の留奈が、耳打ちするように話しかけてきた。

「最近、アミちゃんが評判なの知ってる？」

「評判？」

「なんだかね、アミちゃんが恋の橋渡しをすると、必ず結ばれるって話らしいのよ」

「へえ……」

留奈の話を聞いて、真一は夏休みにアミが言っていたことを思い出した。

天使として、恋を叶える立場を目指す……というやつだ。どうやら実際に行動を開始しているらしい。

「この前も、商業科の由美子とB組の西田くんがくっついたらしいわ」

「くっつけるって……アミのヤツがなにかしてるの？」

「ラヴレターを渡したり、呼び出してもらったり……」

大したことはしてないみたいだけどね、と留奈は笑った。

まあ、せいぜいそんなところだろう。いくら天使とはいっても、アミに特殊な能力があるわけではないのだ。

「でも好きな相手がいる子達の間では評判よ。まさにキューピッドだ……って」

「あのアミがねぇ」

「最初は、ほら……アミちゃんって、あたし達のこと避けてた感じがしてたけど、最近はそんな様子もなくなったし」

……避けていた？

真一は留奈の言葉が妙に引っ掛かった。クラスの連中、特に女の子達の目には、地上に慣れていないアミの消極的な態度が、自分達を避けていたように見えていたのだろうか。

だとすると、親しい友達ができないと嘆いていたアミの悩みは完全な杞憂《きゆう》だったことになる。自分から動けば友達などいくらでもできるはずなのだ。

真一が思いきってアミが悩んでいたことを打ち明けると、留奈は手を振って笑った。

「大丈夫だって。今じゃ人気者よ、アミちゃん」

「そ、そうか……」

とりあえずはホッとした。

半年近くも掛かったが、アミはようやくみんなの中に溶け込めたようだ。

「それにアミちゃん効果も好評のようだしね」

「もしかして、七尾さんもアミ効果を試してみたとか？」

「え……広瀬くん、気になる？」

「べ、別に気になるとかじゃないけどさ」

「なんだつまらない。広瀬くん、あたしに気があるのかと思っちゃった」

冗談めかした留奈の言葉に、真一は、まさか……と首を振った。

「七尾さんこそ、好きな人とかいないの？」

「今はいないかな。それより広瀬くんはどうなの？　いなほさんとか、山岡さんは？　幼なじみ系とくっつく気はないの？」

そう問われて少しドキリとしたが、真一はなんとか平静さを保って再び首を振った。

「いなほも、あきらも友達にしか見られないって……」

「なんだつまらない。だったらさ、アミちゃんっていうのも悪くないんじゃない？　広瀬くんは最初から特別みたいだし、天使と恋人なんてロマンチックじゃない？」

「……七尾さん」

「にゃはは、ごめんごめん……冗談だって。でも、そんなわけだから、誰かとの間を成功させたい時はアミちゃんに頼むといいかもね」

留奈はそう言って話を締めくくると、お先に……と、教室を出て行った。

……あのアミがねぇ。

真一はキューピッド姿のアミを想像してみたが、やはりどうしてもピンと来ない。恋の橋渡しなど、本当にやっているとは思わなかったが、上手くやってるならなにも問題はないだろう。あの時の決意は本物だったということだ。

そんなアミを微笑《ほほえ》ましく思いながら、真一はカバンを手に椅子《いす》から立ち上がった。


「あ、あの……広瀬さん」

昇降口まで来た時、不意に背後から声を掛けられた。

振り返ると、下駄箱の陰に何故か恥ずかしそうな表情を浮かべたたえ子の姿があった。

「なんだ、たえ子ちゃんじゃないか。どうしたの？」

「あの……無理を聞いてもらってありがとうございます。明日、楽しみにしてますから」

「明日？」

なんのことか聞き返そうとしたのだが、たえ子はそれだけを言うと真っ赤な顔をして走り去って行ってしまった。

……なんだったんだ、今のは？

真一は呆然とたえ子の後ろ姿を見送った。

たえ子とは春に学食で出会って以来、廊下や街で会えば立ち話ぐらいする程度の間柄にはなっていたが、ここ最近はあまり顔を合わす機会はなかったはずだ。

「はにゃ～、どうやら成功のようですね」

首をひねる真一の後ろで、いつの間にかやって来ていたアミが、ニンマリとした笑みを浮かべていた。

「なんだアミか……。もしかして、なにか知ってるのか？」

「はい、全てはアミの計画通りです」

「……なんだ、その計画って？」

「ふふふ、完璧な作戦ですよ」

アミはそう言って笑うと、大きく片手を上げてポーズを取った。

「第八回、恋のキューピッドアミのラヴラヴ大作戦」

「……それはいいから、なんのことか説明してくれ」

「実はアミが野々村さんにラヴレターを書いたのです」

「ラヴレター？」

なんでアミがたえ子にラヴレターを書かなければならないのだろう？

意味が分からずキョトンとしたままの真一に、アミは得意そうに言葉を続けた。

「簡単なことですよ。野々村さんはあなたに少なからず好意を持っているみたいでしたから、ラヴレターを渡せば二人の仲は進展するってわけです」

「……まさか」

「何度か手紙のやりとりして、明日の学園祭、一緒に歩くところまでこぎつけました」

「進展させてどうするんだよっ、俺が書いたわけでもないラヴレターなんか渡して」

「アミは人々の幸せを願う存在になりたいと思ってます。アミは二人が恋人になれば、幸せになれると思って……」

「俺の気持ちは無視してか？」

アミの言葉を遮るように、真一は静かな声で口を挟んだ。その中にかなりの怒気が含まれていることを感じ取ったのか、アミは笑みを消して真一の顔を覗《のぞ》き込む。

「野々村さんのこと、嫌いですか？」

「嫌いじゃない。嫌いじゃないけど、恋人として見るつもりはない」

真一が断言すると、アミは初めて困ったような表情を浮かべた。

「だ、だけどですねぇ……」

「俺が頼んだわけじゃない。それに今の話だと、たえ子ちゃんから頼まれたというわけでもないみたいじゃないかっ。そういうのはお節介って言うんだよ」

「はにゃ〜、ごめんなさい」

真一が語気を荒げると、アミは親に怒られた子供のように首をすくめて謝った。

だが、このまま放っておくわけにはいかない。真一はともかく、アミが無意識とはいえたえ子の気持ちを踏みにじっている事実には変わりないのだ。

「ったく……最近はキューピッドだって言われてるみたいだけど、そんなんじゃ、本当に人を幸せにしてるかどうか分からないな」

「だけど、今まで何人かには喜んでもらってますよ」

「誰も喜んでなかったら、それこそ問題だよっ」

「はにゃ……」

真一がピシャリと言い放つと、アミは今度こそ言葉を無くして廊下に視線を落とした。

この様子では今まで問題が起こらなかったのが不思議なほどだ。頑張っていると聞いたばかりだったので、真一の落胆も大きかった。

「人を幸せにしてるつもりになって、結局はアミが喜んでるだけじゃないか」

「………………」

「たえ子ちゃんには、明日、俺が会ってちゃんと説明するよ」

「……ごめんなさい」

「待ち合わせ場所は何時にどこ？」

「ラヴレターには、明日の九時に下駄箱の前ということにしてます」

「分かった。……じゃ、俺は帰るからな」

そう言って真一が背中を向けようとした時、アミは思い詰めたような顔を上げた。

「あ、あの……アミは人々を幸せにするために……」

「……っ⁉」

その言葉を聞いて、抑えようとしていた真一の怒りは限界に達した。

なにも分かっていない。たとえ善意からの行動であっても、相手の気持ちすら考えないで人を幸せにすることなどできるはずがないのだ。

「たいした自己満足だ」

「そ、そんなんじゃ……」

「結果が同じならそうなんだよっ」

「アミは天使として、人々をですね……」

「そんなことは関係ないっ！　人に迷惑をかけるくらいなら、天使なんてやめちゃえよ」

真一が吐き捨てるように言うと、アミは身体を硬直させ、瞳に大粒の涙を浮かべた。

「アミは……天使失格ですか？」

「かもな」

それだけを言い残すと、無言で立ち尽くしたままのアミを残し、真一は今度こそ背中を向けてその場から立ち去った。

……言い過ぎてしまっただろうか。

勝手なことをしでかしたアミに対して思わず辛辣《しんらつ》な言葉をぶつけてしまったが、家に戻った真一は少しだけ後悔していた。そのやり方や配慮には問題があったが、あれはあれでアミなりに良かれと思ってやったことには違いないのだ。

せめて言葉を選ぶべきだっただろうか？

ベッドの上で横になったまま、真一はチラリと机を見た。

あの後、なんだか気が高ぶっていたので真っ直ぐに家には帰らず、しばらく商店街をぶらついてから戻ったので、アミは先に引き出しの中にある家に戻っているはずだ。

様子を見てみようかとも思ったが、自分から声を掛けるのはなんとなくためらわれた。

「……ん？」

机から天井に視線を戻した途端、不意に目の前に影が落ちる。その原因を辿って窓辺を見ると、いつの間にかそこには紗菜がいた。

「あ……紗菜ちゃん」

「こんにちは。ちょっと用事があって綾月市まで来ましたので……」

「そっか……あ、入っていいよ」

ベッドの上で身体を起こしながら言うと、紗菜は靴を脱いで窓からふわりと真一の部屋に降り立った。

「お姉さまは、戻っていますか？」

「あ、ああ……多分ね」

歯切れの悪い言葉になにかを感じ取ったのか、紗菜は不思議そうな顔をしてジッと真一を見つめた。勘の良さそうな娘なので誤魔化《ごまか》しなどは通用しないだろう。

真一が仕方なく事情を説明すると、紗菜は呆れたように大きなため息をついた。

「……お姉さまのやりそうなことですわ」

「いや、まあ……アミに悪気はなかったみたいなんだけど」

「結果が同じなら一緒ですわ」

真一がアミに対して言ったことと同じような言葉を口にすると、紗菜は是非とも意見してやると息巻いた。

「いや、それはもう俺が言ったし……」

「何度でも構いませんわ。自分がしでかしたことを認識させるには、二度や三度言ったぐらいではお姉さまには足りないくらいです」

姉妹だけあって紗菜の口調には情け容赦がない。

「と、とにかく……呼んでみようか？」

もう一度説教を繰り返すかどうかはともかく、様子ぐらいは見ておいた方がいいだろう。

幸いにも紗菜が来ているという口実があるのだ。

真一はベッドから降りると、机の前まで移動した。

「アミ……いるのか？」

そう声をかけてから、そっと引き出しを開けてみた。やはり戻っていたらしく、小さなアミが机の中に作った家からひょっこりと顔を出した。

だが、アミはいつもとは様子が違う。

元気がない理由は理解できるが、どこか普段とは違う違和感を感じた。

……輪っかがないのか？

アミの頭の上には、いつもは小さくなっても存在するはずの輪っかがない。

「……アミ、輪っかは？」

「輪っかは……捨てちゃいました」

「捨てた⁉」

何気なく訊いた真一は、アミの意外な答えに驚いた。

「天使失格だって言われたから、アミは輪っかを捨ててしまいました。天使でなくても、アミはアミなのかな……と思って」

「だからって、捨てることは……」

「それくらいしないと、アミは……アミがなんなのか分からない気がして」

そう言いながら、アミは足をもつれさせるようによろけた。真一は慌てて腕を伸ばすと、小さなアミの身体を支えてやる。

「アミ……？」

「ただ、輪っかを外してから調子が悪いんです。もとの大きさに戻れなくなっちゃったし、力はなにも使えなくなって……」

アミは真一の手にもたれながら、小さく息をついた。

「天使にとって、輪っかは大切な物なんだろ？　もしかして、長時間外したままにしたら、まずいことになるんじゃないのか？」

「その通りですわ」

黙って話を聞いていた紗菜が、切迫した表情で頷いた。

「沙菜ちゃん？」

「地上に研修に来る前に、神様から言われたこと忘れたのですかっ⁉　天使の輪っかは、地上でわたくしたちに力を与えている物なんですよ。それを外したらどうなるか……」

「……どうなるの？」

真一が恐る恐る訊くと、紗菜は目を伏せてため息をついた。

「力を失って……最悪の場合息絶えてしまいます」

「……捜すしかないな」

どうやら、このまま放置しておくわけにはいかないようだ。なんとかして輪っかを取り戻さなければならない。

「どこに捨てたんだ？」

「あ、あの……空から、適当に飛ばしたから……」

真一の問いにアミは小さく震えながら答えた。今になって、ようやく自分がしたことの重大さを理解したかのようだ。

「紗菜ちゃん、この状態でどれくらい持つんだ？」

「そうですね……とりあえず、小さいままでいれば五時間くらいは持つと思いますので、今から探せばなんとか」

……五時間か。

長いようだが、輪っかのように小さな物を探すには足りないくらいだろう。ましてや空から投げ捨てたとしたら、探す範囲は膨大に広がる。

「真一さん、沙菜……ごめんなさい。アミが馬鹿なことをしたばかりに」

「もう、いいよ。さあ、アミは俺と一緒に行こう。ポケットに入ればいいだろう」

真一はアミを拾い上げると胸のポケットに入れた。

すぐにでも探しに行かないと、時間はどんどん過ぎ去ってしまう。

「わたくしも行きます。見つけたら、こちらから真一さんのところへ向かいますので」

「どこにいても分かるの？」

「はい、お任せ下さい」

そう言い残すと、沙菜は窓から外へと飛び出して行った。


「あら、真一ちゃん？」

玄関を出た途端、いなほに声を掛けられた。どうやら愛犬であるコジローの散歩から帰ってきたところのようだ。

「どうしたの？　そんなに慌てて……あれ？」

いなほは真一のポケットにいたアミを見て、不思議そうに首を傾げた。

考えてみれば、小さくなった状態のアミを知っているのは真一だけなのである。

「あのさ……いなほ」

真一は少しためらったが、今までのいきさつを説明した。

机の引き出しの中とはいえ、これでアミが真一と同居していたのがバレてしまうことになるが、この際はやむを得ない。

「……というわけなんだ。できれば、いなほも手伝ってもらえないかな？」

「うん、分かった。いなほも行くよ」

いなほはあっさりと頷いた。

こんな状況ではあったが、アミと同居していたことをいなほがさほど気にしていない様子なのに、真一はホッと胸を撫《な》で下ろした。

「すいません……いなほさん」

「アミちゃんの一大事だもの。協力するのは当然だよ」

「とりあえず、俺は公園の方に行ってみるけど……いなほは一人で大丈夫か？」

そろそろ日が暮れる時間だ。

協力してくれるのは有り難いが、いなほを一人で歩かせるのも気になった。

「コジローと一緒に捜すから大丈夫だよ」

「そうか……コジローと一緒なら心強いな」

とりあえず一時間したらここに戻って来ることにして、真一達は二手に分かれることにした。真一は予定通り公園の方へ、いなほは駅の方へと向かった。

しかし、捜すと言ってもあてがあるわけではないし、わずか三十センチ足らずの輪っかなのだ。どこにあるのか見当も付かない。

……とにかく、片っ端から見て回るしかないな。

真一は時間を惜しんで、公園までの道のりを走って移動した。

「アミ……ごめんな。俺がつまらないことを言ったばかりに、こんなことになって」

「アミの方こそ……バカでした」

ポケットにしがみついたまま、アミは力無く顔を伏せる。真一は、そんなアミになにか言葉をかけようとしたが、寸前で思いとどまった。

今はそれどころではない。

反省や後悔は、後からいくらでもできるのだ。

アミが無事でさえいれば……。

公園の入り口に差し掛かった時、反対側から歩いてきた数人連れの一人が真一を見て大きく手を振ってきた。

「……ケンジ？」

「佐倉さんに聞いたぞっ、アミちゃんの輪っかが無くなっただと？」

真一の元に駈け寄ってきたのは、ケンジや数人のクラスメートだった。どうやら駅前のゲームセンターで遊んでいたところを、いなほが見付けて事情を話したらしい。

「なんでもっと早く連絡してこないんだよっ、水くさいじゃないか」

「そうだよ、アミちゃん困ってるんだろ？　もっと俺らを頼ってくれなきゃ」

憤慨したように言いながらも、みんな真一のポケットに収まっている小さなアミを見て、相好を崩したような笑みを浮かべている。

「電話を回してクラス全員に連絡したから、みんなあちこちを捜しているはずだ」

「そうか……」

「よし、じゃあ俺達も行こうぜ」

一人がかけ声を上げると、他の連中も一斉に辺りに散らばって行く。

「一応、俺が仲介役だから、見つかったら俺の携帯に連絡が来ることになってる」

「わりいな、ケンジ」

「お互い様ってヤツだよ。ね、アミちゃん」

ケンジはそう言ってアミに声を掛けると、自らも学校の方へと走って行った。


だが……。

これだけ大勢の人間が捜しているにもか関わらず、有力な情報は一つとして入って来なかった。陽が沈んで、すでに数時間経つ。

「真一さん……」

ネオンの灯った商店街を歩いていると、不意にアミが消え入りそうな声で囁《ささや》いた。

「このまま輪っかが見つからなくて……元に戻れなくて、消えちゃったらどうしよう」

「馬鹿なこと言うなよ、そんなことさせるもんか」

真一は励ますように大きな声で答えたが、現実には時間だけがどんどん過ぎて行く。残り時間も後わずかだ。道行く人に尋ねてみたりもしたが、求めているような答えは返ってこなかった。

歩き回った末、真一はまた公園に戻ってきてしまった。時間も切迫してきているが、そろそろ体力も限界に近い。五時間近くもうろつき回っているのだ。

少しだけ休憩するつもりで、真一は公園のベンチに腰を降ろした。

「もう……ドーナツも食べられないんでしょうか？」

ポケットの中で、アミがぽつりと漏らした。

……ったく、アミはいつまでもアミだな。

まあ、ヘタに落ち込まれるよりはよっぽどいいさ。

真一は気力を振り絞って、もう一度町内を探しに回ろうと立ち上がった。残っている時間は限られているのだ。

その時……。

「……っ⁉」

公園の奥でキラリと光が見えた。

ほんの一瞬だったのではっきりとは見えなかったが、なにかが光ったのは間違いない。

真一はその光に誘われるように、公園の茂みの奥へとを踏み入れた。

その瞬間、足下をキラキラとした光が駆け抜けた。

「あ、あれは……」

「あーっ、いつぞやの猫！」

茂みを抜け、さっきまで真一が座っていたベンチに飛び乗ったのは、アミと初めて出会った時に輪っかを持っていた猫であった。

今度もまた、その猫の首にはキラキラ光る輪っかがぶら下がっている。間違いない。リボンの付いたアミの輪っかだ。

真一は急いでネコを捕まえると、その首から輪っかを取り戻した。

「アミ……」

ポケットからそっとアミを降ろすと、真一は輪っかをその頭上に掲げた。

途端。

アミの身体は光に包まれ、輪っかに呼応するように、徐々に大きさを取り戻していく。

数秒も経たないうちに光は消滅して、そこにはいつものアミだけが残った。

「真一さん……」

アミは瞳に涙を浮かべたまま、飛ぶように真一に抱きついた。

「良かった……こうしてまた、ちゃんと触れあうことができて」

「ああ」

アミが消えてしまわないで良かった。

アミがいなくならないで良かった。

真一は心の底から安堵《あんど》して、胸の中のアミを抱きしめた。


輪っかが見つかったという連絡をケンジの携帯に入れた後、家の前まで戻って来ると、そこにはいなほやクラスのみんなが真一とアミの帰りを待っていた。

想像していたよりも、多くのクラスメート達が動いてくれていたようだ。事情を知らない人が見れば、何事かと思うほどの人数が真一の家の前に集結していた。

「輪っか、みつかったの？」

「良かったね……アミちゃん」

みんなが次々にアミに声を掛ける。

誰もが輪っかが戻ったことを、心から喜んでいるようだ。

正直、真一はアミがここまでクラスメート達に想われているとは想像もしていなかった。人を幸せにしたい……というアミの気持ちは、いつの間にかクラスのみんなにも伝わっていたのかも知れない。

「みなさん……今日はアミのためにどうもありがとうございました。こんなに一生懸命になってもらえて、とっても嬉しいです」

アミはその場にいた全員に向かってペコリと頭を下げた。途端、拍手が沸き起こる。

「だって、アミちゃんは友達だもの」

「そうそう、だから困った時はいつでも俺達を頼ってくれればいいんだよ」

友達が出来ないと嘆いていたのが嘘《うそ》のようだ。アミは大勢のクラスメートに囲まれながら、今までに見せたことのない幸せそうな笑みを浮かべていた。

「これで、お姉さまも二度と馬鹿なことはしないでしょう」

いつの間にか戻ってきていた紗菜が、みんなにもみくちゃにされているアミを見つめながら、真一の隣で呟《つぶや》くように言った。

「お姉さまのような天使でも、たくさんの人に大切に思われていることが分かって勉強になったでしょうから」

「うん……そうだな」

「わたくしも、その一人であることを忘れないで欲しいものですわ」

思わずという感じで紗菜が囁く。なんだか意外な言葉を聞いたような気がして視線を向けると、紗菜は頬《ほお》を赤くして真一から顔を背けた。

「沙菜ちゃん、それは本人に言ってやればいいのに」

「必要ありません……だって、姉妹なんですから」

ぷいっと横を向いたまま、紗菜は少し怒ったような口調で言う。

……ホント、大切に思われていること知るべきだよな。

真一は紗菜の頭をポンポンと優しく叩《たた》きながら、幸せそうに笑うアミを見つめた。


翌日……。

綾月第二学園では盛大な学園祭が催された。

真一にはたえ子に事情を説明して謝るという気鬱《きうつ》な仕事があったが、幸いにも許してもらうことができた。せめて今日一日は一緒に歩いて欲しい……という条件付きだったが、それでアミのしでかしたことを帳消しにしてもらえるのならたやすいことだ。

模擬店や各クラブの催し物を見て回った後、体育館では演劇部の公演を見た。

しかしなんと言っても、今年一番の話題は月島カオリのソロライブだろう。

普段は「Ｄｅａｒ」というグループで活動している月島カオリが、初めてソロでライブを行うのだ。テレビでも実現したことのない、カオリファン垂涎《すいぜん》のイベントである。

今回のイベントはカオリがあくまで学園の一生徒として行うという名目上、その情報は特別に公開されたわけではなかったが、一般のファンからの問い合わせが殺到し、ライブを企画をした実行委員はその対応に忙殺されたという。

開始までまだ時間はあったが早めに会場に行ってみた。しかし、すでに大半の席は埋まっており、真一達は空いている場所を探すのに苦労したほどだ。

「わたしはライブは初めてですよぉ」

「特に、今回のはスペシャルだからね」

興奮気味のたえ子に笑みを向けた真一は、同じ列の一番端の方に、クラスの女の子達に囲まれたアミの姿を見付けた。

アミが望みながらも、今までなしえなかった光景がそこにある。

……結局、ちゃんと望みは叶えられたということか。

真一は楽しそうなアミの姿を遠目に見つめながら苦笑した。

「広瀬さん、そろそろみたいですよぉ」

「ん……」

たえ子の言葉にステージに視線を戻すと、そこでは演奏を担当する軽音楽部のメンバーが準備を始めていた。その姿に会場のざわめきはいっそう大きなものへとなっていく。

やがて、開演時間。

スポットライトを浴びたカオリが登場すると、会場の熱気は一気にピークへと達した。

「みなさん、こんにちは。Ｄｅａｒの月島カオリです。今日はカオリのライブに来てくれてありがとう」

今年の学園祭、最大のイベントが開始された。

PART4　二度目のクリスマス

「じゃあ、いなほは動物園がいいな」

「動物園かぁ……。他にも色々と行くところはあるぞ？」

「だって、いなほは動物が見たいんだもん」

「分かった、分かった。じゃあ動物園にしよう」

ぷっと頬《ほお》を膨らませたいなほを見て、真一は慌てて頷《うなず》いた。

昼休み。

例によってお弁当を作ってきてくれたいなほを、真一は今度の日曜日に何処かに遊びに行こうと誘ったのである。

無論、真一がそう思い立ったのには理由があった。

原因の発端は、祖母がお弁当を作ってくれない日が増えたということだ。

どうやら、いなほが真一のお弁当を作る手間を惜しまないことを知って手を抜き始めたようだ。昔から面識のある二人は、あらかじめ何曜日はどちらが作る……と密かに相談している節もある。

もっとも、真一はどちらの作るお弁当も好きなので別に文句はない。いなほも以前のように膨大な量を作ってくることもなくなったし、料理の腕も更に上がっていた。

だが祖母と違って、やはりいなほに作ってもらう回数が増えてくると、それなりになんらかの謝意は見せなければならないという雰囲気になってくる。

そこで、礼を兼ねて何処かに遊びに連れて行くことにしたのだ。

当然、真一のおごりである。

受験勉強の方がそろそろ佳境に入る時期だが、たまに息抜きも必要だ。これから先、気軽に遊びに出ることはもっと困難になるだろう。

そんな理由から、いなほにどこに行きたいか希望を訊《き》いたのだ。そして、返ってきた答えが動物園だったのである。

……ま、いいか。

真一自身も色々と考えてはいたのだが、お洒落《しゃれ》な場所を知っているわけでもないし、特にこれといった場所が見つからなかったのだ。ここはいなほの希望通りにしよう。

昼休みが終わりに近付き、教室に予鈴が響いた。

「じゃあ、また放課後にね」

そう言い残して出ていくいなほの姿を見送っていると、不意に背後から肩を叩《たた》かれた。

「彼女持ちは大変だなぁ」

振り返ると、ケンジがニヤニヤとした笑みを浮かべている。

「受験を控えた身でも、彼女には奉仕しなければならないんだな」

「なんだよ、それ。別にいなほは俺の彼女っていうわけじゃ……」

「だって、どう見たって佐倉さんはお前の彼女だろう」

「…………………」

断定されるように言われると、真一にはそれを否定することは出来なくなってしまった。

考えてみればクラスが違うにも関わらず、いなほは毎日帰る時間になると迎えに来るし、こうしてお弁当を作ってくることもある。

他人から見れば、そう思われても仕方がないかも知れない。

「でも、特別に彼女として付き合ってるわけじゃないしなぁ」

「そうなのか？　意外だな。だけど……」

ケンジは周りをはばかるように一旦言葉を切ると、そっと顔を寄せて囁《ささや》くように言った。

「このクラスでも真一のファンは何人かいるらしいぞ。お前は売約済みだってことで、誰も手を出してこないっていうウワサだ」

「もしかして、去年のバレンタインに義理チョコすらもらえなかったのは……」

「そのせいかもな」

「……そうか、いなほのせいだったのか」

「なに言ってんだよ。俺から見れば羨《うらや》ましいくらいにお似合いに見えるぞ」

「お似合いねえ」

どうもピンと来ない。

普通、彼女が出来るまでにはそれなりのプロセスというものがある。

それこそアミが仲介をやっているように、ラヴレターを渡したり電話をかけたり。そして告白。これらの手順を踏んで、ようやく自分に彼女ができたという実感を得るのではないだろうか？

それらを全てすっ飛ばした状態で、幼い頃から一緒にいるいなほを彼女と言われても、真一はどうも釈然としないものを感じるのだ。

「でも、お前もまんざらでもないんだろ？　デートに誘うくらいなんだから」

「デート？」

「今度の日曜日に出掛けるんだろうが」

「あ……」

真一は言われて初めて気付いたようにケンジの顔を見つめた。

……確かに、普通はこれをデートと言うんだよな。

日曜日。いなほの希望通りに動物園を歩きながら、真一はそっと隣にいるいなほを見た。

こうして二人で並んでいる姿は、知らない人が見れば恋人同士にしか見えないだろう。

……恋人、か。

いっそのこと訊いてみようか？

真一は、ふとそんな気になった。

いなほが自分のことをどう思っているのか、を。

いや、しかし……と、真一は考える。

仮にいなほに訊いて、もし好きだという答えが返ってきたとしたら……。

その後はどうするんだろう？

登下校を一緒にしたり、お弁当を作ってもらったり、休みの日にデートしたり。

……って、今と全然変わらないじゃないか。

逆に言えば、だからこそケンジが付き合っていると勘違いしてしまうのだろう。真一は喉《のど》まで出かかったいなほへの質問を、あっさりと呑《の》み込んだ。

別にわざわざ訊く必要もない。いなほの気持ちが分かったところで、別に今の関係に変化が生じるわけでもないのだ。

「どうしたの？　難しい顔して」

「いや、別になんでもない」

……今、いなほと一緒にいて楽しいんだから、それでよしとしておこう。

いなほの質問をはぐらかしながら、真一は一人でそう結論づけた。無理に意識する必要などないのだ。

「変なの……」

「気にするなって。それより、ほら、キリンでも見に行こうぜ」

「うん、久しぶりだもんね。動物園」

いなほはそう言ってはしゃいだ。

「以前は真一ちゃんがスケッチするからって、良く一緒に来たのにね」

「ああ、そうだったな……」

言われてみれば確かにそうだ。絵をやめるまで、真一は色々な場所に行ってはスケッチを繰り返していた。その時も、ほとんどがいなほと一緒だったのだ。

「もう、描かないつもりなの？」

「………………」

真一が無言でいると、いなほは少し気まずそうに口をつぐんだ。

直接、絵をやめた理由を話したことはなかったが、隣に住んでいるのだから、真一の家庭の事情は当然知っている。そのことから、おおよその察しはついているはずだった。

「でも……」

しばらくの沈黙の後、いなほはぽつりと呟《つぶや》いた。

「夢なら捨てないで欲しいな」

「……いなほ」

「え……あ、ゴメンね。勝手なこと言って。行こう」

いなほは気分を変えるように、慌てて笑顔をつくったが……。

「あ、ちょっと待って」

真一の袖《そで》を握って、不意に立ち止まった。

「ねえ、あの子……」

「どうしたんだ？」

「迷子みたい」

いなほが指さした場所には、泣いている四歳ぐらいの女の子の姿があった。ひたすら泣きじゃくりながら、おぼつかない足取りで走り回っている。

「この人込みだからなぁ……母親とはぐれたんだろう」

「もー、そんな呑気《のんき》なことを言ってる場合じゃないでしょ」

いなほはそう言うと、泣いている女の子の元に駆け寄って行った。

お節介な奴だな、と思いつつも、この場合はいなほの行動が正しい。真一もいなほの後を追って女の子の側《そば》まで歩いて行った。

「どうしたの？　お母さんとはぐれたの？」

「おかあさん、どこかいっちゃったー」

いなほの質問に女の子はしゃくり上げながら、たどたどしい言葉で返事をした。

そんな女の子の頭をそっと撫《な》でながら、

「じゃあ、お姉ちゃんが一緒に捜してあげるよ」

と、いなほは手をつないだ。

「ここの係の人に任せればいいんじゃないか？」

「ダメだよ。係の人だと放送で呼びかけるしか出来ないんだから」

いなほはめずらしくきつい目で真一を睨《にら》んだ。こういう時のいなほは迫力がある。滅多に怒りを表さないだけに余計にそう感じるのだろう。

「ね。名前はなんて言うの？」

「ももこ」

「ももこちゃんね。お母さんはどんな人？」

「……やさしい」

「他には？」

「お母さんね。マリィちゃんの物真似《ものまね》がすっごく上手なの」

「……手がかりにすらならんな」

「もうっ、黙っててっ」

真一が口を挟むと、いなほは再び睨みつけてきた。

……もう逆らうのはやめよう。

「どんな服着てたか、憶えてる？」

いなほは根気よく話し掛けると、ももこの母親の手掛かりを得ようとした。

「黒い服でスカートはいてた。あとね、うさこちゃんのバッグ持ってる」

「うん、分かったわ。きっとお母さん見つかるわよ」

ようやくまともな情報を聞き出すと、いなほはにっこり笑って女の子の頭を優しく撫でた。そんないなほの様子に安心したのか、女の子はいつの間にか泣きやんでいる。

「さ、行こう」

いなほは女の子の手を取ると、さっさと歩き始めた。

……やっぱり俺も行くんだろうな。

結局、真一もいなほの後について園内を歩き回ることになった。

しかし、女の子の母親らしき人はなかなか見つからない。日曜日の午後ということもあって園内はかなりの人だ。この中から捜し出すのは至難の業といえるだろう。

「お姉ちゃん……疲れた」

捜し始めてしばらく経《た》つと、女の子は泣きそうな顔をしながら訴えてきた。確かにこれだけ歩くと、この年齢の子にはキツイだろう。

「おんぶしよっか？」

「いなほは髪の毛が長いからな。おんぶは出来ないだろう」

「そっか……」

いなほは自慢の長い髪をいじった。腰まである髪はおんぶには向いていない。

「いいよ、俺がおんぶするから。ほら、お兄ちゃんの背中に乗れよ」

真一が背中を向けてしゃがむと、女の子はなんの躊躇《とまど》いもなしにおぶさってきた。よほど疲れていたのだろう。しばらくすると静かに寝息を立て始めた。

「重たくない？」

「大丈夫だよ」

とは言ったが、実は結構重い。小さい子をおんぶするなんて初めての経験だったが、これほど大変なものだとは思わなかった。

「へへへ……」

女の子をおぶった真一を見ながら、いなほはなんだか嬉しそうに笑った。

「なんだよ？」

「こうしてるとさ、いなほ達は親子に見えるかな？」

「いくらなんでも若すぎるっての」

「へっへー、そうだよね。……けど、親子って思われるのも結構嬉しいかも」

「バ、バカ。なに言ってるんだよ」

真一は急に照れくさくなった。二人が若すぎるということを除いて見れば、確かに親子としか思えないだろう。

「それよりも、早くお母さんを見つけてやらないとな」

「……ね、真一ちゃん」

いなほは不意に声のトーンを落とした。

「今日はごめんね。結局、この娘のお母さん捜しになっちゃって……。せっかく休みを一緒に過ごそうって言ってくれたのに」

「過ごしてるじゃないか、こうして」

「でも……」

「俺は楽しいよ、いなほと一緒に歩いてて。……それでいいじゃないか」

「そう言ってもらえると、いなほは嬉しいよ」

いなほはしおらしい声で囁いた。

「それにしても、いなほは本当に世話好きだな」

「そうかな？」

「特に子供が相手だとな」

「……やっぱり、子供達には笑顔でいて欲しいもの。泣いてる顔を見るのは嫌だから、いなほに出来ることがある時は一生懸命やるんだ」

いなほはそう言って笑った。

その笑顔を見て、真一は思わずドキリとした。ずっと一緒にいて、いつも見ているはずのいなほとは違う女の子がそこにいたような気がしたからだ。

……いなほは、こんなに魅力的な笑顔を浮かべることできたのか。


女の子の母親が見つかったのは、園内に閉園時間を告げる音楽が鳴り始めた頃だった。日曜日だけあって園内の事務所も数多い迷子の対応に苦慮していたらしいから、結局時間は掛かったが、いなほの主張が正しかったようだ。

母親は何度も真一達に頭を下げ、手を振る女の子を連れて立ち去って行った。

「……あの女の子、俺には礼を言わずにいっちまった」

「へっへー、きっと感謝してるよ」

「そうであって欲しいけどな」

真一は文字通り肩の荷を降ろし、こきこきと首を回した。

「……ほとんど見れなかったね」

「仕方ないさ。これも人助けだからな」

「ね、真一ちゃん」

「なんだ？」

「今日はありがとう。すごく嬉しかったよ」

いなほはそっと真一の腕を取った。

思いもかけないハプニングに見舞われたが、それなりに充実した秋の休日であった。


「ちょっと見て欲しい物があるんですよ」

数日後の昼休み。ちょうど弁当を食べ終わった真一の元に、なんだか妙に真剣な表情をしたアミが近寄ってきた。

「見て欲しい物？」

「これなんですけど……」

そう言ってアミが差し出したのは一通の封筒であった。中を見てみると、折りたたまれた白い便せん。どうやら手紙のようだ。

「読んで良いの？」

アミは小さく頷いたのを確認して手紙を拡げた真一は、そこに書かれていた「果たし状」というたどたどしい字を見て、思わず椅子《いす》からずり落ちそうになった。


アミ、今日こそ決着をつけるアル。

そろそろ長年の対決に終止符を打ってやるアル。

午後一時に屋上東側で待ってるアル。自分の名にかけて必ず来るアル。

差出人が誰なのか、名前を見るまでもない。

「……どうするの？」

「凛々はしつこいですからね。アミも困ってるんですけど……」

「そうだなぁ……。俺としてはアミと凛々には仲良くなって欲しいと思うんだが」

アミと凛々は春に出会って以来、ずっと不毛な戦いを続けている。アミを封印しようとして校内を駆け回る凛々の姿は、もはや学園の名物になっているほどだ。

真一も何度か仲裁に入っていたが、凛々の思い込みを変えることは難しかった。

「アミは……出来れば凛々とは仲良くしたいと思うんですよ」

「じゃあ、話が早いな。俺もついていってやるから、凛々と仲直りすればいい」

ようやくクラスの中に溶け込むことができたアミに、唯一残されている問題は凛々との諍《いさか》いだろう。もっとも真一の見る限りは、アミも凛々もケンカを楽しんでいると思える節がある。ケンカ友達とでもいうのだろうか。

……これで二人が和解してくれれば良いんだけど。

真一は淡い期待を抱きながらアミと一緒に屋上へ上がった。すでに凛々は来ていたらしく、アミの姿を見ると給水塔の上から飛び降りてきた。

「よく逃げずにきたアルな」

「必ず来いと書いてきたのは、凛々ですよ」

「ふふふ、良い度胸アル。……ん？」

凛々はアミの側に立っていた真一に気付いて、驚いたように表情を浮かべた。

「どうしてセンパイがここにいるアルか？　……ま、まさか助っ人⁉」

「違うよ。俺達はケンカしに来たんじゃないよ」

「そうですよー」

真一の言葉に相槌《あいづち》をうちながら、アミはグッと凛々の方へ身を乗り出した。

「凛々、仲直りしましょう」

「仲直り？　な、何を言うアル。ワタシとアミは別にケンカしてるワケじゃないアル。世のために、災いをもたらす物《もの》の怪《け》を封印しようとしているだけアル」

「誰が災いをもたらすって言うんですかっ、凛々は頭が悪いんじゃないですか？」

「な、何を言うアル！　自分のことは棚に上げておいてっ」

「………………」

……どうして、この二人はすぐにケンカを始めてしまうんだ？

ぼんやりと眺めているわけにも行かず、真一は二人の間に割って入った。

「ストォオプッ！　二人ともやめないかっ」

「だって凛々が……」

「アミが……」

二人はほぼ同時にお互いを指さした。

「……どっちでも良いよ。だいたい、凛々。アミは天使で物の怪じゃないから封印できないって、もう分かっているんだろう？」

「し、しかし…そこは退魔師としてのプライドがあるアル」

「封印してどうするんだよ？」

「もちろん、世の中のために……」

正面から問うと、凛々は困ったような表情を浮かべて語尾を濁らせた。

結局、真一が想像しているように、凛々は本気でアミをどうこうしようなどとは考えていないのだ。封印封印と騒いでいるのは、アミを追い掛ける口実に過ぎないのだろう。

……さて、どうしたものかな。

真一がどうやって二人の仲を取りまとめるかを考えていると、

「……分かりましたよ」

と、アミが溜息《ためいき》をついて凛々を見つめた。

「凛々はアミが封印されれば満足するんでしょう？」

「えっ……ま、まあ、確かにそうあるが……」

「じゃあ、アミは凛々に封印されることにしますよ」

「お、おい……アミ」

「それで凛々の気が収まるならアミは本望ですよ。……さっさとアミを封印して下さい」

「わ、分かったアル……」

突然のアミの言葉に戸惑いながらも、凛々は懐から退魔用の護符を取り出した。それをアミの額にペタリと張り付ける。アミは黙ってされるままになっていた。

「ほ、ほんとに封印するアルよ？」

「どうぞ」

アミは目を閉じたままだ。

凛々は少しためらった後、なにやら呪文のような言葉を唱え始めた。中国の言葉なのか、微妙に抑揚のついた不思議な言葉だ。無論、何を言ってるのか全く分からない。

「アミ、成仏するアル」

凛々が呪文を唱え終えて印を結ぶと、アミの身体はぼうっと光り、ゆっくりと宙に浮かび始めた。仲違いを辞めて欲しかったけど、こんな結末を望んでいたわけではない。だいたい、アミは凛々の退魔術では封印出来なかったのではないか？

だが、ゆっくりとアミの身体が浮いていく。

「凛々、ケンカばかりしてたけど楽しかったです。さようなら……」

アミが光に包まれながら、凛々に向かって手を振った。

「ア、アミ……ちょっと待つアルっ」

凛々は印を解くと同時に駆け出すと、ジャンプしてアミの額に張った護符を外した。

しかしアミの身体は、依然、宙に浮いたまま空へ昇っていこうとする。

「な、何故アルか？　退魔術は解いたのに」

どんどん昇っていくアミを、凛々はジャンプして捕まえようとしたが、その手はむなしく空を掴《つか》んだだけだった。

「アミ……行かないで欲しいアルっ！」

凛々はアミに向かって、何度もジャンプを繰り返す。

「本当は仲良くしたいアル……だから、だから……帰ってくるアルッ」

もう、完全に手の届かない位置まで昇っていったアミを見上げて、凛々はへなへなと屋上にへたりこんだ。

……まさか、本当にアミが消えてしまうのか？

呆然と成り行きを見守っていた真一も、ここに来てようやく事態の深刻さに気付いた。

凛々の様子を見ている限り、彼女には打つべき手段がないのだろう。

「アミッ、帰ってきて欲しいアルっ」

「……本当ですか？」

「ホントは、ワタシ……アミのことが大好きアル」

アミは凛々のその言葉を聞いて、くすっと笑みを浮かべた。

「じゃ、戻ります」

アミはそう言うと、何事もなかったかのように、すーっと屋上に戻ってきた。

「……は？」

「凛々の退魔術なんて、アミに効くはず無いですよ」

「……って、ことは？」

「天使が空を飛ぶなんてわけないですよ」

「ち、ちょっと待つアルっ！　さっきのはまさか……ワタシをだましてたアルか？」

「だましたなんて……。アミは凛々の本心を聞きたかっただけですから」

怒りの形相を浮かべる凛々に、アミは少し怯んだように後ずさりした。今にも飛びかかってきそうなほど、凛々は拳《こぶし》を握りしめてアミを睨み付けている。

「ア、アミッ！　ゆーるーさーんっ！　絶対に封印してやるアルっ」

凛々は再び護符を取り出すと、アミの額に力任せに張り付けた。ぱちん、とアミの額が派手な音をたてる。

「はにゃっ！　いっ、痛いじゃないですかぁ」

「うるさいっ、ワタシがどれだけ心配したか……」

凛々はそう言いながら、アミにもたれかかるようにして抱きついた。

「……凛々？」

「良かったアル……ワタシがアミを封印できる力が無くて、ホントに良かったアル……」

アミに抱きついたまま小さな嗚咽《おえつ》を漏らす凛々を見て、真一は苦笑を浮かべた。

……俺の出る幕なんてなかったな。

結局、アミは自分で凛々をケンカ相手から友達に変えてしまったのだ。天使の魅力というより、これはアミの魅力なのだろう。初めは疎遠だったクラスメート達の心を掴んだように、今もまた凛々の心を捕まえたのである。

……もしかしたら、アミってスゴイ奴なのかも知れない。

二人が抱き合う姿を見つめながら、真一はふとそんなことを思った。


いつの間にか季節は秋から冬へと移ろう。

十二月に入り、カレンダーの日付が残り少なくなると、街は毎年のようにクリスマスカラー一色に変わっていく。赤と緑の装飾が氾濫《はんらん》し、どこか心を弾ませるクリスマスソングが流れ始めるのもこの時期だ。

だが、悲しいかな受験生には、とても浮かれているような余裕はない。学校はすでに冬休みに入っていたが、真一たちは連日のように受験対策の補習に通っていた。

学校によっては塾や予備校に全てを任せてしまい、一切補習を行わないところもあるそうなので、ある意味では有り難いことである。

今日……クリスマスイヴも、日曜日であるにも関わらず補習が行われていた。

その補習が終わった直後。

「ねえ、今日はクリスマスだよ」

真一の教室にやって来たいなほは、開口一番にそう言った。

「そうだな」

「なにか予定ある？」

「勉強くらいかな」

「えー、そんなのつまんないじゃない」

そう言って恨めしそうな顔をするいなほを、真一は呆れて見つめ返した。

「つまんない……って、お前は受験生じゃなかったのか？」

「受験生でもクリスマスは必須だよ。でね、今日、うちにケーキを食べに来ない？　お夕飯も一緒に」

「ケーキ……か」

……そういえば毎年恒例だな。

毎年クリスマスの日は、祖母が敬老会の忘年会に出かけて行くため、真一は一人で過ごすことになる。だからこそ去年はオレンジペコでバイトをしていたのだが、例年通りだといなほの家に招待されることが多い。

「ケーキはもちろんオレンジペコのケーキを予約してあるし、アミちゃんも呼んであげようと思うんだけど」

「ああ、そうか……」

考えてみれば全くの一人というわけではなかったのだ。

もっとも、アミと二人でクリスマスをするというわけでもないのだから、ここはいなほの家に出向いた方がいいだろう。アミが真一の家にいることは、輪っか騒動の際にいなほにだけは知られているので、なにも気にすることはない。

それに、さっきは「勉強する」と言ったものの、家に帰ってからもちゃんと机《つくえ》に向かうかどうかは我ながら疑問であった。

……まあ、クリスマスぐらいのんびりしてもいいよな。

なんだか理由をつけては、その度に勉強をさぼっているような気がする。

けど、それほど難関大学を受験するわけでもないし……と、真一は自らを誤魔化《ごまか》すように気楽に考えた末、いなほの誘いを受けることにした。

「じゃあ、適当な時間になったら、いなほんちに行くわ」

「うん。お母さん、今年も七面鳥の丸焼きを作るって言ってたよ」

「おばさん、毎年よくやるよな……」

「それじゃぁ、帰ろうよ」

「あ、いや……俺は用事があるから、いなほは先に帰れ」

せっかく迎えに来たのに、といなほは不満そうな顔をしたが、どうしても一人で寄らなければならない場所がある……と言うと、仕方なさそうに教室を出て行った。

……お呼ばれするのに、手ぶらで行くわけにもいかないもんな。

真一はいなほになにかクリスマスプレゼントを買っていこうと思ったのだ。今なら、まだ商店街に行っても十分に時間はある。

少し間を空けてから教室を出た真一は、プレゼントはなににしようかとあれこれ考えながら、昇降口の下駄箱を開けた。

途端、中から白い封筒がひらりと落ちてきた。

可愛いシールで封印された手紙で、表には「広瀬真一さま」とあるが、差出人の名前はなかった。書かれている文字は、間違いなく女の子のものだろう。

……これって、やっぱりラヴレターか？

真一は思わず笑みを浮かべてしまった。

突然、こんな物をもらうと、困惑する反面やはり嬉しいものだ。真一ははやる気持ちを抑えて封筒を開けると、急いで中の手紙を読んだ。

真一さんへ
今日はクリスマスです。
アミは真一さんとゆっくり話がしたいなぁ、なんて思ってます。
それで、良かったら六時に公園まで来て下さい

アミより

……なんだ、アミか。

特に期待していたわけではなかったが、相手がアミだと知って、真一はガックリと肩の力を落とした。そうそう上手い話があるものではない。

真一は改めてアミからの手紙を見直してみた。

なんでこんなことのために、わざわざ手紙を使うんだろう？

直接言えば手っ取り早いのに……と思いながら、真一は昇降口にある時計を見た。

アミが一方的に告げてきた六時はもうすぐである。

……突然、手紙で約束されても困るんだけどな。

だが、アミは公園で待っていると言っている。この寒い時期に、手紙を無視して何時ま

でも待たせておくのはあまりにも気の毒だ。

それに、どうせいなほの家にはアミを連れて行くことになっているし……。

真一はそう考えると、再び時計で時間を確認してから急いで学校を後にした。

六時まで、もう五分もない。


「あ、真一さんっ、こっちです～」

数分遅れて公園まで来ると、ベンチに座っていたアミが立ち上がって手を振っていた。

「珍しいな。こんな所に呼び出すなんて」

「ちょっと一緒に話がしたくて。ホラ、今日はクリスマスじゃないですか」

アミは少し照れくさそうに言った。

地上の風習に疎いアミでも、やはりクリスマスというのは特別なものに感じるらしい。

「それはいいんだけど、こんな寒い場所にいたら風邪をひいてしまうよ」

最近は寒い日が続いていたが、今日は一層冷え込みが厳しい。コートを羽織った上からでも、寒気が身体にしみこんで来るかのようだ。

「あ、真一さん……ほら、あれ」

アミはそう言って不意に空を指さした。つられるように灰色の雲に覆われた空を見上げると、上空からは白い物が踊るように舞い降りてきた。

「雪……か」

去年と同じホワイトクリスマス。

「初めて会った時も、雪が降ってましたよね」

「そう……確か、アミと別れた後、すぐに降ってきたんだっけな」

雪はいつの間にか空を覆い、すでに陽が暮れて暗くなり始めていた周りの風景を、ぼんやりと白い色に染めていく。クリスマスには相応しい幻想的な光景だ。

「真一さん。クリスマスにはプレゼントを贈るんですよね？」

「え……まあ、普通はな」

「じゃあ、アミのプレゼント……受け取ってもらえますか？」

「あ、ああ……」

頷きながら、真一はいなほへのプレゼントを買いに行くはずだったことを思い出した。

……アミからもらうんなら、二つ用意しなきゃならないな。

そんなことを考えながらサイフの中身のことを心配していた真一に、

「空を飛びましょう」

と、アミは思ってても見なかったことを言いだした。

「え、空？」

「はい、アミと一緒に空を飛びましょう」

「でも……そんな小さな羽じゃ、俺のことを支えきれないだろ？」

「羽は飛ぶための象徴みたいな物です。実際は羽で飛んでるワケじゃありませんから」

「しかし……」

「いいから、アミの背中に掴まって下さい」

　突然の提案に戸惑ったが、空を飛ぶというのはなんとなく魅力的に思えた。真一は少し躊躇った後、言われたとおりにアミの背中に掴まった。

「じゃあ、行きましょう」

　アミがそう言った途端、身体がふわりと軽くなった。

「うわっ」

「しっかり掴まっててくださいね」

　真一の身体はアミと一緒に宙に浮き上がると、あっという間に地上から離れていった。見慣れた景色はどんどん小さくなり、眼下にはネオンの灯る夜の街が広がっていく。

　アミに掴まっている間は、どうやら重力は関係なくなるようだ。真一はまるで自分が飛んでいるかのような気分になった。

「気持ちいいな……」

　風は冷たかったが、それよりも自分が空を飛んでいるという事実の方が心地よかった。

足下に広がる街。

あそこには、灯りの数だけ人々の生活がある。いなほも……あきらも、たえ子も、凛々も、みんなあの灯りの下で暮らしてるのだ。

こうして空から見下ろしていると、アミが人々を幸せにしたい、と思うようになる気持ちが分かるような気がした。

行き交う雪の間をくぐり抜け、アミは真一を綾月市で一番高い場所であるテレビアンテナ塔の上に連れてきた。

展望台よりもはるかに高い位置にあるために、街の全てを一望できる。

「辛《つら》いことや悲しいこと、楽しいことがあると、ここに来て街を見てたんです。ここはアミの一番のお気に入りの場所なんですよ。だから……いつか、あなたをここに連れてきたいと思ってたんです」

眼下の街を見下ろしながら、アミは照れたように囁いた。

「……これがアミからのプレゼントです」

「ありがとう、アミ」

真一は素直に礼を言った。

アミにしては素敵なプレゼントだ。なにか物をもらうよりもずっといい。

「アミは地上に来られて良かったです。最初は嫌だったけど、こんな綺麗《きれい》な光景は天界でもあまり見ることが出来ません」

「……………………」

「いろんな経験が出来て、いろんな人に出会えて……アミは嬉しいです。もちろん、あなたに会えたことが一番ですけどね。あなたに会えたから、今のアミがあるんです」

「そ、そうか…？」

「だって、アミはあなたがいたから、今日までやってこれたんだもの。いつも何気ない言葉が、どれだけアミを勇気づけてくれたことか」

だから……と、アミは真一を見つめた。

「アミは人々を幸せにしたいって思ったんです。あなたのおかげでアミが幸せを感じたように……」

それがアミの夢……。

アミが地上に来て自分で見つけた答えであった。

自分の夢を見つけて、自分の夢を叶《かな》えようとしている。そんなアミがうらやましく思えると同時に、この小さな天使がすごく素敵に見えた。

「真一さん、あなたには夢がないんですか？」

「俺の夢……か。特に夢なんて無いなぁ」

「絵は描かないんですか？」

「絵……か」

「描けばいいのに。あんな素敵な絵が描けるのに、描かないなんてもったいないですよ」

「そう言ってくれるのは嬉しいんだけど……」

真一の頭には、未だに家を出て行く母親の後ろ姿がこびりついている。

夢を叶えるためにはなにかを犠牲にしなければならない。それが母親の背中から、真一が唯一学んだことであった。

「……なにかを犠牲にしなければ得られないことなんて、夢とは言えないよ」

「でも、なにもして無いじゃないですか。なにも失って無いじゃないですか」

「アミ……」

「夢なら……追って欲しいです」

アミはスッと立ち上がると、真一に向かって手を差し伸べてきた。

「アミと一緒に夢を叶えましょう。きっと出来ますよ。人を幸せにする力があるんだもの。自分を幸せにする力だって、きっとあるはずですよ」

「自分を幸せにする力……」

真一はアミの手を取って立ち上がった。

いなほの家に招待されていることを説明した後、真一はアミに先に行っているように伝えて、一人で商店街へ向かった。

いなほとアミへのプレゼントを買うためだったが、テレビ塔の上で長い時間を過ごしてしまったため、店はもうほとんど閉店していた。

……仕方ない。明日にするか。

イヴは今日だが、正式なクリスマスは明日なのだ。別に明日渡しても問題ないだろう。

真一はプレゼントの購入を諦《あきら》めて帰路についた。

雪は少し小降りになっていたが、長時間外にいたために、真一は身体の芯《しん》まで冷え切っていた。いなほの家に行く前に風呂に入っていこうか……などと考えながら公園の側まで来た時。

「あれ……？」

前方に良く知っている後ろ姿を見つけた。

「おーい、いなほ」

「……あ」

呼びかけると、数メートル先を歩いていたいなほが振り返った。駈け寄ると、真一を見て、いなほは笑みを浮かべた。

「今頃、どこへ行ってたんだ？」

「うん。オレンジペコまでケーキを受け取りに行ってたの」

と、いなほは手にしていた大きな箱を見せた。今年もLサイズのケーキをMサイズの値段にしてもらったらしい。

「真一ちゃんの用事は済んだの？」

「え……あ、ああ……まあな」

真一は曖昧《あいまい》な返事しかできなかった。

まさか、アミと空の上でデートしてて、プレゼントを買いそびれたとも言えない。

……ゆるせ、いなほ。明日にはちゃんと買ってくるからな。

心の中で詫びながら、真一は公園を通り抜けよう……といなほを促した。

「へっへー、一人じゃ怖かったんだけど、真一ちゃんとだったら平気だね」

駅前の商店街から帰るには公園を通り抜けた方が近道なのだが、さすがに女の子一人では心細かったらしい。真一が騎士になれるかどうかはともかく……。

公園に足を踏み入れると、そこは白一色の世界に変わっていた。

「今年もホワイトクリスマスだね」

「そうだな」

積もったばかりの雪を踏みしめながら、真一はふと隣を歩くいなほを見た。

降り続ける雪が、傘を差していないいなほの頭を白く染めている。真一はそっと手を伸ばして雪をはらってやった。

いくらロマンティックでも、こう降られてはかなわない。

「いなほ、寒いだろ？　もっと俺にくっつけよ」

「いいの？」

「今更気にするようなことじゃないだろ？　それに二人の方があったかいし」

いなほは真一の言葉に頷くと肩を寄せてきた。

その肩をそっと抱き寄せると、ふわりといい香りがする。

「なんだか……いなほ達、恋人みたい」

「べ、別に、俺はそんなつもりで……」

「わかってるよ、そんなこと。……でも」

いなほは不意に足を止めると、下から覗《のぞ》き込むようにして真一を見上げた。

「……いなほと恋人じゃ嫌？」

真一はその言葉にドキッとした。いつもの冗談めいた口調ではない。

「ね、知ってる？　昔からずっと好きだったんだよ」

「……………………」

誰を？と、問い返すほど真一は馬鹿でも無神経でもなかった。

それが自分のことを示しているのは明白だ。

「ね、いなほと恋人になれない？」

無言のままの真一に、いなほは少し瞳を潤ませ、重ねるように訊いた。

考えたことがないと言えばウソになる。

子供の頃からずっと一緒にいて、一度も考えなかったなどということはありえないし、現に真一は何度も想像してみたことがあった。

だから、いなほに告白を……好きだと言われても、特別な驚きはない。

とうとう来たか、という感じだった。

……たぶん、俺はいなほのことが好きなんだろうな。

すぐに幼なじみから恋人へ……と気持ちが切り替えられるかどうかは分からない。

けど、真一はいなほの辛そうな顔を見るのが嫌だった。

辛いことがあったとしても、いなほとなら乗り越えられると思う。

いなほのことを大切にしたい。

「恋人になれると思うよ」

真一はいなほの肩に回した手にわずかに力を込めると、ひらひらと降りてくる雪を見ながらぽつりと言った。

「本当に……？」

「ウソ言ってどうするんだよ」

……こんな恥ずかしいこと、冗談で言えるかっ。

「そ、そうだよね」

いなほは決まり悪そうに笑うと、視線をチラリと真一に向けた。

「真一ちゃん、顔真っ赤だよ」

「うるさいなっ。誰のせいだと思ってるんだ。今から取り消したっていいんだからな」

「わっ、わっ、ウソだよ。冗談だってば」

「いなほの顔だって真っ赤じゃないか」

そう指摘すると、いなほはさらに頬を紅潮させ、恥ずかしそうに顔を逸《そ》らした。

そして少し間をおいた後、真一の腕から逃れるように身体を回転させると、

「ね、いなほにクリスマスプレゼントくれる？」

正面から真一を見つめた。

「ああ、それはもちろん……」

「いなほにキスしてくれる？」

「キス……？」

突然の申し出に、真一は驚いていなほを見つめた。

その視線に耐えきれなくなったのか、いなほは頬を染めたままうつむいた。

「……こっち向けよ」

頬に手を添えて自分の方に向けると、いなほは一瞬だけ真一の目を見つめた後、ゆっくりと瞳を閉じた。

そっと唇を重ねる。不思議と戸惑いはなかった。

少し冷たく湿っているいなほの唇。かすかに漏れる吐息と鼓動。

静かな世界に真一はいなほと二人きりだった。

真一が唇を離すと、いなほはまるで魔法がとけたかのように閉じていた目を開いた。

「……いなほは、すごく嬉しいよ」

いなほはそう呟いて身体を委ねてきた。

ついさっきまで、ただの幼なじみだったいなほの身体を真一はぎゅっと抱きしめた。

PART5　一番大切な人に

年が改まって数日後。

ようやく正月気分から抜け出そうとした頃、久しぶりに紗菜が真一の家を訪れた。

「さ、沙菜……なんの用なの？」

例の輪っか事件以来、アミはしっかり者の紗菜に頭が上がらなくなったようで、真一に呼ばれて引き出しから顔を出した途端、引きつったような表情を浮かべた。

「別にお姉さまの悪口を言いに来たわけではありませんわ」

紗菜は苦笑を浮かべた。

「今日は大事なことを伝えに来たのです」

「大事なこと？」

「はい、そろそろ地上での研修期間が終了します。お姉さまが、そのことを忘れて準備すらしていないのではないかと思いまして」

「あっ……」

アミはビクリと身体を震わせた。

「帰らなきゃ……ならないんだよね」

「やはり、忘れてましたね？　地上研修は二月で終わりです。天界に帰るのは三月三日になりますけど」

ちょうど綾月第二学園卒業式の翌日だ。

　すると、アミが地上にいられるのは後一ヶ月ほどということになる。

「ですから、準備をしておいて下さいね」

「準備っていっても、そんなに荷物があるわけじゃないから……」

「そんなことは分かっていますわ」

　紗菜は当然という感じで眉《まゆ》をつり上げた。

「わたくしが言っているのは、心の準備の方ですわよ」

「え……心の？」

「親しい方とのお別れや、やり残したことなど……ですわ。忘れることのないようにと思いまして」

「い、言われなくても……」

「分かっていることと、しているかどうかは別ですわよ」

　反論しようとした途端に紗菜にピシャリと言われ、アミはぐうの音も出ないようだ。

　しばらく悔しそうな表情を浮かべていたが、返す言葉を見つけることができなかったらしく、ふんっ……と子供のような捨て台詞を残して窓から飛び出していった。

「虐めすぎましたか……」

　アミの飛んでいった方向を見つめながら、紗菜は少し自重するように肩をすくめた。

「なあ、紗菜ちゃん。天界に帰るのは仕方がないけど、また……いつか、地上に来ることが出来るんだろう？」

「いえ……」

紗菜はゆっくりと首を振った。

「残念ながら、それは無理です」

「じゃあ……アミには二度と？」

「天使は修行の時だけ、地上に来ることが許されるのですから」

「なんか、地上に来る方法はないの？」

「女神にでもなれれば別なのでしょうが、わたくしたち天使のレベルでは、私的な理由で地上に来ることは許されません。例外が無いことはありませんが……」

去年、アミに始めて会った時、彼女はサンタの手伝いをしていると言った。

あれは滅多にない例外の一つだったのだろう。

「じゃあ、このまま……ずっと？」

真一の質問に沙菜は無言で頷《うなず》いた。

……アミがいなくなってしまう？

一年の研修を終えた後、天使は天界に戻る。これは最初から決められていたことで、アミも真一も承知していたはずなのだ。

だが、その時が近付いていると言われても、どうしてもその実感が湧いてこなかった。

またすぐに帰って来るんじゃないか……そんなふうに思えてならない。

「お姉さまは地上に思い出が多いみたいですね」

呆然としている真一を見て、沙菜は少しうらやましそうな顔をした。


卒業式を間近に控えた日曜日。

真一はアミと一緒に展望台を訪れていた。

冬晴れのいい天気だ。見晴らしの良い場所に腰を降ろすと、少し風が冷たく感じるが、それだけに頭の芯《しん》までスッキリする。

「出掛けてきて良かっただろ？」

「そうですね」

アミは久しぶりに笑顔を見せた。

紗菜が地上での研修期間の終わりを告げに来て以来、アミは学校でもほとんどしゃべらなかったし、引き出しの中の家に閉じこもりがちの毎日を送っていたのである。

天界に帰りたくない……というアミの気持ちは十分すぎるほど理解できたが、だからといって別れの日まで塞《ふさ》ぎ込んでいるのは間違っている。

どうしても別れが避けられないのなら、せめてそれまで多くの思い出を作るべきだ。

真一はそう考えて、渋っていたアミを外へと誘ったのである。

「アミの好きなところへ行こう」

そう言った真一に、アミは少し考えてから展望台に行きたいと答えたのだ。

展望台へ行って、一緒に絵が描きたい……と。

正直言って、真一は未だに絵を描くことに抵抗を感じていたが、アミの希望を無下に断ることも出来ない。二つ返事で頷いたのである。

「さてと……なにを描く？」

以前にここを訪れた時とは違って、さすがにこの季節では花などは咲いておらず、絵のモチーフはどうしても限られてしまう。冬の風景もそれなりに味わいのある絵にはなるだろうが、今の心境で描くと、寂しい感じになりかねない。

「アミは描きたいものがあるんです」

あちこちを見回しながらモチーフになりそうなものを探していた真一に、アミは迷いのないはっきりとした口調で言った。

「描きたいものって？」

「アミはあなたの顔が描きたいです」

「俺の顔を？」

「その代わり、真一さんはアミの顔を描いて下さい。春にここに来た時と同じように」

「お互いにモデルになるのか？」

「はい。それで最後に交換しましょう。アミから見たあなた、あなたから見たアミ。きっと忘れられない思い出になります」

「分かった……そうしよう」

真一はその提案に大きく頷くと、正面からアミと向き合う位置に移動してスケッチブックを開いた。アミも同じように絵を描く準備をしながら真一を見つめてくる。

じっとアミの顔を見つめながら、真一は少しずつ白い紙に鉛筆を走らせていった。

徐々にアミの顔が浮かび上がってくる度に、今までの色々な思い出が浮かんでは消えていった。

くりくりとした少し大きめの目に、よく笑う小さな口。

柔らかな髪の毛は、後ろがくせっ毛になっている。

ドーナツを食べている時のアミは幸せそうだ。

いつもおっちょこちょいで、うっかりするとすぐに輪っかを落とす。

凛々とは何度もケンカしていたし、キューピッドと呼ばれながらも数多いドジを繰り返していた。

……いくらでも思いつく。

この一年間、アミは確かに存在したのだ。

普通なら滅多に出会うことのない天使と、真一はこの一年間の幾つかの思い出を間違いなく共有している。

……思えば、対照的だよな。

幼い頃からずっと一緒にいて、おそらくはこれからも共に過ごすであろういなほ。

たった一年間一緒にいただけなのに、真一に数多くの思い出を残していくアミ。

お互いに立場が違うから単純に比較など出来ないが、どちらも真一にとっては大切な女の子であった。その女の子たちが口を揃《そろ》えたように真一に絵を描くことを促している。

「夢を捨てないで」

「夢を追い掛けて」

……と。

真一はふと鉛筆を止めて、自嘲《じちょう》気味に小さく笑った。

考えてみれば、すでに自分は彼女達の思惑にはまっているのかも知れない。なんだかんだと抵抗をしながらも、こうして絵を描いているではないか。

「真一さん、できましたか？」

「ん……ああ、描き終わったよ」

「じゃあ、いっせーので見せあいましょう」

「よし、行くぞ。いっせーの」

ぱっと同時に二人は互いのスケッチブックを相手に向けた。

色々な思い出が詰まった絵。

そこにはアミが……そして真一がいた。

間違いなく、二人の心には互いの存在が忘れ得ぬものとして存在している。

「素敵な絵です」

アミは感嘆したように真一のスケッチブックを見つめた。

「アミは、あなたの絵が大好きです。こんなにも嬉しくなる絵はほかにないです」

「……アミ」

「あなたの絵は、人を幸せにする力があります。クリスマスの時に言ったように、あなたには夢を追いかけて欲しいと思います」

「けど……俺は……」

この期に及んでまで、真一は素直に頷くことが出来なかった。

「こんなに素敵な絵を描くんだもの。……あなたには絵を描き続けて欲しいです」

と、アミは優しい笑みを浮かべた。

その慈愛に満ちた微笑《ほほえ》みは、真一が初めて見る天使に相応しい微笑みだった。

三月二日、卒業式の日。

特別に意識していたわけではなかったが、さすがに門をくぐって学校に入る時は感慨深いものがあった。式が終わってここから出て行くと、もう二度とこの学園の生徒として校門をくぐることはないのだ。

「卒業なんだね」

「ああ……」

いなほと共に、なんとなく校舎を見上げてみた。

三年間、毎日通ったこの校内には、全ての場所に思い出がある。

「なに、辛気くさい顔してんのよ」

最後だから……という理由でめずらしく一緒に登校したあきらは、感傷に浸る真一達を見て呆れたような表情を浮かべた。

「卒業式だからって、そこまで寂しそうな顔をすることないじゃない」

「あきらちゃんは寂しくないの？」

「卒業、すなわち新しいスタートよ。自分達の未来に向かって、たくさんの小鳩達が羽ばたいていく日よ。素晴らしい日じゃない」

「……なに、カッコつけたこと言ってんだ」

真一が冷ややかなツッコミを入れても、あきらはめげる様子もなく、いつになくハイテンションを維持したまま二人に向き直った。

「そうそう、あたしの未来について、あんた達に言っておくことがあるのよね」

「あきらの未来……って、専門学校に行った後はオレンジペコの名物店主だろ？」

「そうだったんだけどね、ちょっと変更したのよ」

「変更……？」

「未来のオレンジペコの名物店主としては、専門学校に行くより実践経験を積む方がいいと思うのよ。でさ、お母さんの知り合いでケーキ屋を開いてる人がいるんだけど、そこに住み込みで修行に出ようと思ってるの」

「へぇ……あきらにしては、考えてるんだな」

「当たり前でしょ？　まあ……ただ、そのお店は県外だから、あんた達とは別れなきゃならないんだけどね」

あきらは僅かに声のトーンを落とした。

「えっ！　あきらちゃん、どこかに行っちゃうの？」

「辛気くさい声を出さないでよ。別に宇宙へ行くとかってわけじゃないんだから、会おうと思えば会えるわよ。それに修行が終わったら帰って来るんだし」

明るく振る舞ってはいたが、やはり寂しさは隠しきれていない。瞳を潤ませながらも笑顔を浮かべるのが、あきらの精一杯の強がりなのだろう。

……けど、あきらの言う通りだよな。

会おうと思えばいつでも会える。

いつか再会できる別れは、別れとは言わないのかも知れない。

「んじゃ、そろそろ式が始まるから……また後でね」

商業科の校舎に向かって駆けだして行くあきらを見送りながら、出発する時は心の底から祝福して送り出してやろう、と真一は考えていた。

また、会える日を楽しみに出来るのだから……。


そして……卒業式が終わった。

意外とあっけなく終わってしまい、これで自分の学園生活が終わってしまうのかと思うと、なんとなく拍子抜けする気分だった。

クラスの女の子達の中にはハンカチが手放せないほど涙を流している子もいたが、真一は学校を卒業すること自体が悲しいとは感じられなかった。

確かに三年間を過ごしたこの学校に生徒として戻ってくることはない。だが、ここで出会った人々には、機会さえあればいつでも会えるのだ。

真一は式の後、あきらを探しに行くといういなほと別れて、卒業証書の入った筒を持ったまま、校庭の隅にあるベンチの側《そば》に一人佇んでいた。

「センパイ、卒業おめでとうアル」

気付くと、目の前には凛々が立っていた。

「ああ、ありがとう。凛々」

「センパイは学園生活が面白かったアルか？」

「え……まあ、楽しかったけど……どうかしたのか？」

アミを追い掛けていた時の凛々は、全身が元気の固まりのような少女だった。それが今日は見る影もない。

どうかしたのかを訊《き》こうと、真一が再び口を開きかけた時。

「ワタシは……楽しかったアル。本当は日本に来て不安だったアルけど、センパイに会えたし、アミにも……」

「凛々？」

「ワタシ、三学期が終わったら中国に帰ることになったアル」

「え……？」

また、別れである。

いくら卒業に別れがつきものであったとしても、真一の周りからは何人の親しかった者達が消えていくのだろうか。

「……センパイは運命を信じるアルか？」

なんと声を掛けるべきか悩んでいた真一に、凛々はめずらしく真剣な表情を向けた。

「運命？」

「そんなに難しい意味じゃなくて、もっと簡単な……何かが起こる運命。誰かに出会う運命、この世に生まれてくる運命といったものアル」

良くも悪くもなく、ただ巡り来る運命。

真一は凛々の言いたいことをそう理解して受け止めた。

「ワタシが中国に生まれながら日本にやってきて、センパイやアミに会えたのも運命アル」

「……そうかも知れないな」

だとすると、せっかく出会った者との別れも、また運命なのだろうか？

「ワタシ、またセンパイに……アミに会える運命を信じているアルね」

「そうだな」

……できれば俺も信じていたい。

再び、アミと凛々のケンカが見られる日が来ることを。


大部分の連中は、たぶん卒業と同時にアミが天界に帰ってしまうことを知らない。

アミが何人の友達に別れを告げたのか知らないが、最後のHRでもそんな話が聞こえてこないところをみると、もしかしたら誰にも自分のことを告げていないのかも知れない。

何も言わずに去るつもりなのだろうか？

「…………………」

アミは帰ってしまう……いや、消えてしまうと言っても過言ではない。

二度と会うことは出来ない、と沙菜ははっきりと言っていた。

確かに思い出はいくつか作ったが、それがなにかの役に立つのだろうか？

時々思い出しては、感傷に浸るぐらいにしかならないのではないだろうか？

全てが終わり、下級生達が作ってくれた花道を通って校門に向かいながら、真一は辺りを見回してアミの姿を探した。

拍手を送ってくれる下級生たちの中にはたえ子がいた。凛々の姿があった。特別に顔を出したカオリの周りに、人だかりが出来ていた。

だが、一緒に見送られるはずのアミの姿はどこにもない。

「どうかしたの？」

キョロキョロしている真一に、いなほは不思議そうな視線を向けてきた。

「い、いや……アミの姿が見えないなと思って」

「アミちゃんなら式が終わった後、どこかへ飛んでいったわよ」

近くを歩いていた留奈が教えてくれた。

「なにか言ってたか？」

「別に……。そう言えば、アミちゃんは卒業した後、どうするのかな？」

「…………………」

留奈がなにも知らないところをみると、たぶん他のクラスメート達も同じだろう。

卒業式自体が別れの宴《うたげ》なのだ。当然、この後はみんなバラバラになっていく。アミもその中の一人にしか過ぎない。

だけど、あきらや凛々……他のみんなと同じようにはいかないのだ。

アミだけは……。

「例外がないわけではありませんが……」

不意に紗菜の言葉が頭の中をよぎった。

天使が地上に来るのは修行の時だけだが、例外はある。では帰る時にも例外があるのではないだろうか……？

「いなほ、悪い。これを持って帰ってくれないか」

真一は持っていた卒業証書を、有無を言わさずいなほに押しつけた。

「……って、真一ちゃんはどうするの？」

「ちょっと行くところができた」

「待ってよ、どこ行くの？　これからみんなでオレンジペコに行こうって……」

「悪い、時間があったら後で行くよ」

ぶーぶーと文句を言い続けるいなほの声を背中に受けながら、真一は一気に花道を駆け抜けて校門を出た。最後に校門を出る時は一緒に出ようね……と、いなほが言っていたような気がするが、この際は勘弁してもらうしかない。

彼女であるいなほを放っておいて、アミのことばかり考えているのはさすがに気が引けたが、これは一般の好きとか嫌いとかいう話とは別次元のことだ。

真一は学校を飛び出すと、沙菜を探すために駅へと向かった。

紗菜は確か飯塚市に住んでいると言っていたような気がする。真一はとりあえず電車で飯塚市まで移動した。そこに行けば会えるという確証はなかったが、行くしかないと思ったら勝手に足が動いていた。

……沙菜ちゃんの着ていた制服は、確か広陵学園の制服だったはずだ。

ということは、一番近い繁華街は駅の周辺ということになる。辺りを見回してみると、確かに広陵の学生が何人か見受けられた。

「ちょっと聞きたいんだけど……天使の沙菜って子、知らない？」

近くにいた女学生に聞いてみると、さすがに天使だけあってすぐに反応が返ってきた。

「沙菜先輩ですか？　……ちょっと分からないです」

他にも何人かの生徒に聞いてみたが、はっきりとした居場所を特定することは出来ない。

……こんなことなら、どこに住んでいるのかを聞いておけば良かった。

真一がそう後悔した時、また新しい広陵の学生の集団が歩いてきた。その中に、真一は
ようやく目的である沙菜を見つけることができた。

「沙菜ちゃん！」

「真一さんじゃないですか」

突然目の前に現れた真一を見て、紗菜は目を丸くした。

「ちょっと話があるんだけど……いいかな？」

紗菜は少し戸惑ったように左右の友達を見回したが、やがて真一に向かって小さく頷いた。その表情からは、おそらく真一がなんの用で自分を訪ねてきたのか承知していることが伺えた。


ここではなんだから……と、紗菜は真一と共に綾月市の公園までやって来た。どうせなら家まで行こうと誘ったが、紗菜はここでいいとブランコに座った。

「沙菜ちゃんは、明日帰らなきゃならないって言うのに落ち着いてるな」

「わたくしは全てにきちんと決別しましたもの。後悔はありませんわ」

「でも、少しは寂しいんだろ？」

「当たり前ですっ！」

沙菜は憤慨した様子で声を荒げたが、驚く真一の顔を見て、後悔したかのように視線を地面に落とした。

「……わたくしは、みなさんに気持ち良く見送っていただきたいのです。わたくしの方が弱音を見せては他のお友達に迷惑がかかりますもの」

寂しさを噛《か》みしめるように、紗菜はギイッ……と、ブランコを揺らした。

「強いね、沙菜ちゃんは」

「自分が一番辛《つら》くない方法をとってるだけですよ」

突き放したような紗菜の言葉に、真一はもしかしたら、この娘はアミよりもずっと寂しがり屋なのかも知れない……と思った。

だからこそ、人との間に一定の距離をおこうとするのだろう。

「それで……お話とは？」

「アミを天界に帰さないで済む方法を訊きたい」

「単刀直入ですね」

沙菜は少しだけ微笑んで見せたが、すぐに表情を引き締めた。

「帰さないで済む方法などありませんわ」

「例外はないの？」

「ありません。……あっても確証が得られなければ、無いのと一緒です」

「あるんだね？」

重ねて問うと、紗菜は少し間をおいてから口を開いた。

「……真一さんは、聖書や古事記に書かれているような出来事を信じていますか？」

「い、いや……それは」

「そうであれば、やはり無いと答えるしかありません」

つまり、それほどあやふやな方法だということだ。

ほとんど迷信か、もしくは実在していたとしても限りなく低い可能性か。

「それでも……あるのなら俺は信じるよ」

信じるというよりも、信じたいという気持ちの方が強かった。

「聞くだけ無駄だと思いますよ」

「いいよ、聞きたい」

沙菜はしばらくじっと真一を見つめていたが、やがて、ふう……と溜息《ためいき》をついた。

「お姉さまがうらやましいですわ。ここまで想ってくださる方がいるなんて」

「じゃあ……」

「協力しましょう。お姉さまのためにも」

紗菜はブランコから立ち上がると、そばに置いてあったカバンから一冊の分厚い本を取り出した。妙に古びた本で、表紙に書かれている文字は見たこともないものだった。

「方法と言っても、なんてことはない話です。ここに書かれている古代のコードを使ってみるだけのことですから」

「コード？」

「呪文と言えば分かりやすいでしょうか？　この本の中に、天界からの強制送還を停止させるためのコードが明記されているんです」

「それをどうするの？」

「書き写すんです。ただ、古代の物ですから今とは書式も様式も違います。どこまで通用するかと言えば……」

「効かないの？」

「おそらくは無理です。ただ、方法はこれくらいしかないのですよ」

紗菜は本の表面を撫《な》でながら苦笑した。

「古代の書式。書くのは地上人で、しかも素人。効かない条件は揃ってますわ」

「…………………」

修行を積んだ高僧が書かない限り、お札もただの文字を書き連ねた紙切れに過ぎないのと同じ理屈だろう。

それでも、真一は諦《あきら》めるつもりはなかった。

「賭《か》けてみるよ。アミを帰さないで済むのなら」

「……場所はこの公園でいいでしょう。今から始めれば、ギリギリ間にあいます」

沙菜はそう言って、古代書式コードの載った本を貸してくれた。

「それを一字一句、間違わないように書き並べなければなりません」

「これを……か」

見たことのない文字が数え切れないほどの量で書かれている。図柄を見る限りは魔方陣に近いようだが、一晩かけても書ききれるかどうか分からないほどの膨大な量だ。

「やはり、やめますか？」

思わず怯みかけた真一に、紗菜はあきらめた方が良いですよ……という表情を向ける。

だが、真一は首を振ってみせた。

「……やってみるよ」

これが唯一の方法なのだ。

考えていても仕方がない。真一は落ちていた堅めの木の棒を拾い上げると、地面に本に書かれている文字を一つずつ書き写していった。

「……一晩中というわけにはいきませんが、わたくしもお手伝いしますわ」

黙々と作業を続ける真一を見て、紗菜は小さくため息をついた後、手近に落ちていた棒を拾い上げた。


「……ふうっ」

作業を始めて数時間が経過した。

ずっと屈んだままの姿勢でいるために、腰にはかなりの負担がかかる。真一は身体を起こすと片手で腰を叩《たた》きながら、書き上がったコードを見回してみた。

まだ、予定の三分の一も出来ていない。

この調子では紗菜の言った通り、完成させるのに明日一杯はかかるだろう。

……こんなことをして意味があるんだろうか？

しばらく手伝ってくれた紗菜もすでに帰ってしまっている。彼女にも、地上での最後の夜に会うべき人もいれば、やるべきこともあるのだろう。

……俺も、効果を期待できないコードを長時間かけて書き上げるより、アミと一緒に過ごすべきじゃないのか？

疲労が真一の迷いを増長させる。

コードを書くために使っていた棒を地面に転がすと、真一はその場に崩れるように座り込んだ。

……アミはどうしてるかな？

時計を見ると、すでに午前零時を過ぎている。

もう寝てしまっただろうか。

それとも、真一がいないことを不審に思っているだろうか。

そう考えた時、ふと公園の入り口の方に気配を感じた。振り返ると、そこには大きな包みを抱えたアミが立っていた。

「……アミ？」

「紗菜が……教えてくれました。真一さんがここにいるって」

「そうか……」

「真一さんがアミのために……アミを天界に戻さないように頑張ってくれてるって……」

「可能性は低いらしいけどな」

真一は自嘲気味に笑った。

アミはそんな真一に近寄ってくると、抱えていた包みを差し出した。

「これは？」

「お腹が空いてると思って……」

包みを開いてみると、中には大量のドーナツが入っていた。

いかにもアミらしい差し入れに、真一は思わず笑いが込み上げてきた。一つ摘《つま》んで齧《かじ》ってみると、オレンジペコのドーナツであることが分かる。

考えてみれば、アミと最初に会ったのはこの公園だった。この公園でドーナツをあげたのが始まりだったのだ。

そして、今度は逆に真一がもらって食べている。

ドーナツが取り持つ縁かと思うと、おかしくもあり、奇妙にも感じた。

「アミは卒業式の後、どこに行ってたんだ？」

「……テレビ塔の上です」

ドーナツを食べながら訊くと、アミは少し躊躇《とまど》ってから答えた。

「最後に……もう一度見ておきたくて」

「最後にはしないさ」

真一はドーナツを食べ終えると、パンパンと手を払いながら立ち上がった。

「そのために、こんなことをしてるんだからな」

「…………………」

アミは真一の視線の先にある、書きかけのコードを見つめた。

それがなんなのかは、すでに紗菜に訊いて知っているのだろう。戸惑うように、真一とコードを交互に見た。

「真一さんは……どうして、アミのためにここまでしてくれるんですか？」

「さあ、どうしてだろうな」

アミを天界に帰したくない。

ずっと地上にいて欲しいと思う。

けど、それがどういう心境から出た想いなのかは、真一自身にも分かっていなかった。

いや……もしかすると、分かっていて目を逸《そ》らしているだけなのかも知れないが……。

「とにかく、俺がやりたいからやってるんだ。それだけだよ」

真一は放り出した棒を拾い上げると、再びコードを書き始めた。

迷いはいつの間にか消えていた。自分にできることを最後までやる……今の真一は、それでいいような気がした。

「なあ……アミ」

「は、はい」

「ずっと一緒にいよう」

深い意味があったわけではなかったが、気が付くとそんなことを口にしていた。

アミは、あ、と小さく口を開けると瞳を潤ませる。

そして……何度も何度も頷いた。

「一緒にいたいです……アミも真一さんと一緒にいたいです」

「そうか……だったら、そこで見ててくれ」

「いえ、アミも手伝います」

アミは木の棒を探してくると、真一と一緒にコードを書き写し始めた。

「……そこ、二四五番目と二五五番目が間違ってるぞ」

「はにゃ～」

なんだか余計な手間が増えそうな気もしたが、真一は楽しかった。今、この瞬間がとても大事に思えた。

この夜を、こうして一緒に過ごすことができたことを……。


昨日の夕方から二十四時間が経過した。

陽は再び傾き始め、辺りは徐々に暗くなっていく。

夜の闇が完全に辺りを支配する頃、あれからずっと公園に居続けた真一の前に、白い天使本来の服に身を包んだアミと紗菜が姿を現した。

「本当に防げると思ってらして？」

紗菜の質問に真一はゆっくりと首を振った。

「分からないよ……ただ、やるだけのことはやった」

昨日の夕方から、およそ二十四時間が経過した。

途中でアミや紗菜も手伝ってくれたが、真一はその間ほとんど休息を取らずに一人でコードを書き続けたのだ。

そして、その完成したものが目の前にある。

「効くんでしょうか？」

アミは不安げな顔で真一を見つめたが、その答えは実際に確かめてみるしかない。

「弱気になるなよ。それで……この中にアミが立てばいいんだよね？」

真一は紗菜に確認すると、アミの手を取ってコードの真ん中に立たせた。

「沙菜ちゃんは？」

「わたくしは地上に残る理由はありませんから」

「そうか……」

「あらかじめ言っておきますが、各自で戻らない場合は時間を過ぎると強制送還が始まります。わたくしもぎりぎりまでここにいることにしますけど……」

紗菜は最後まで付き合うつもりらしい。

「真一さん……」

「大丈夫だ。アミを天界に帰したりはしない」

真一は自分でそう言いながらも、その言葉が実に薄っぺらな可能性に頼っていることを嫌でも感じずにはいられなかった。

出来ることは全てやった。

だが、それは結局ただの自己満足に過ぎないのかも知れない。

「時間になります。そろそろ……始まります」

紗菜は静かに言うと、空を指さした。同時に、二人の周りがぼんやりと輝き始める。真一はギュッとアミの手を握りしめた。

「大丈夫だ……大丈夫だ」

自分に言い聞かせるかのように、真一は何度も大丈夫を繰り返した。

だが……。

空から細い光が一直線に降りて来てアミと沙菜を照らした。その光に包まれると、二人の身体はスッと地面から離れて浮かび上がる。

「真一さんっ！」

「アミッ！」

真一はアミの手を握る手に力を込めた。

だが、アミは光に引きずられるようにして徐々に宙へと浮かんでいく。光の勢いが増していくと辺りには風が巻き起こった。

……効かないっ！

所詮《しょせん》、素人の真一が書いた停止コードなど、天界の力の前にはなんの役にも立たなかった。アミの送還を止める力など全くなかったのだ。

「真一さん……」

「いやだっ！　アミを返さないでくれっ……ここにいさせてくれっ！」

真一は空に向かって叫んだ。

神という存在が一人の地上人の願いを聞いてくれるとは思えなかったが、それでも叫ばずにはいられなかった。

だが、無情にも神は真一の願いを無視した。アミが空へと吸い寄せられていく力は徐々に増していくばかりだ。思わず離しそうになる手に力をこめる。

「真一さん、残念ですが抗《あらが》うことは出来ません。もう、諦めた方が……」

「いやだっ！」

紗菜の諫《いさ》める声をはねのけ、真一はなんとか引きずり戻そうとアミの身体にしがみつこうとした。だが、途端に見えないなにかに阻まれるように弾《はじ》き飛ばされ、公園の地面にしりもちをついてしまう。

その間にもアミはどんどん上空へと昇っていく。

「アミっ！」

「真一さん……もう、諦めましょう」

「なんで諦めるんだよっ、ずっと一緒にいようって言ったじゃないかっ」

「でも……もう、アミは帰るしかないんです、最初から決まっていたことなんです」

「…………………」

……運命って言葉を信じるアルか？

不意に凛々の言葉が脳裏に蘇った。アミと出会ったのも運命……そして、別れてしまうのも運命だというのだろうか。

「そんな……信じないぞっ、俺はそんな運命は信じないぞっ」

真一は空に向かって叫んだ。

だが、その言葉はむなしく周りに響くだけだった。

「ちくしょう……ダメなのか。どうしてもダメなのか……」

真一はへたり込んだまま、拳《こぶし》を地面に叩き付けた。自分がなんの力もないただの地上人であることを、これほど悔しく感じたことはなかった。

「真一さん……」

アミの呼びかけに、真一は空を見上げた。

すでにアミ達はかなり上空まで昇って行ってしまっている。空を飛ぶことの出来ない真一には、もう為す術《すべ》はなかった。

「アミは……あなたのことが好きでした。好きになって良かったです」

「…………………」

「思い出は無くならないから……一緒に過ごした日々は、幻なんかじゃないから」

「アミ……」

「あなたを好きになったことは忘れないから……」

アミは自分の輪っかを外すと今まで聞いたことのない呪文のような言葉を囁《ささや》いた。

その呪文に反応して輪っかはぼんやりと光を放ち始めると、少しずつ縮み始め、やがて小さなリングになった。

「これがアミに出来る最後のことです。これを、あなたが本当に幸せにしたいと思っている人にあげて下さい。きっと……きっと幸せになれると思います」

アミの手のひらから小さなリングがこぼれ落ちた。

重力に逆らってゆっくり、ゆっくりと落ちてくるそのリングは、まるでひとひらの雪のように思えた。真一は両手を広げてそのリングを受け止めた。

「真一さん……夢を忘れないで下さい」

もう声が聞こえなくなるほどの距離まで離れている。アミは声を張り上げるようにして、最後まで真一に語りかけてきた。

「アミ……」

「真一さん、さようならですわ」

不意にアミの隣にいた紗菜が大声で叫んだ。

天界と地上の位置関係がどうなっているのか分からないが、そろそろ境界線に差し掛かっているのだろう。沙菜の身体はまるで空に吸い込まれるようにして消えていった。

「……紗菜ちゃん」

「真一さんっ、さようなら」

今度はゆっくりとアミの姿が消えていく。

「夢を叶《かな》えて、たくさんの人を幸せにして上げて下さい」

「アミーッ！」

そう叫んだ時には、アミの姿は真一の視界から消えていた。

途端、辺りを包み込んでいた光は消え、まるで何事もなかったかのような静寂が公園の中に戻ってきた。

真一はしばらくの間、動くことも出来ずに呆然とアミ達の消えた空を見上げていた。

「…………………」

ふと、手の中のリングに気付く。

「幸せにしたい人に渡して下さい」

アミの言葉がよみがえり、真一はギュッとリングを握りしめた。

PART6　それぞれの夢

……アミが天界に戻って数週間後。

真一といなほは綾月中央大学の合格発表の日を迎えていた。

いつもは気楽そうないなほも、さすがに緊張した表情を浮かべている。

行き交う人たちは、意気揚々としていたり、ガックリと肩を落としていたり。そんな様子を見ていると、どうしても緊張せずにはいられなかった。

数分後には、真一達もそのどちらかになってしまうのだ。

「あれみたい……」

いなほがひときわ人が集まっている場所を指さした。

あそこが合格者名を張り出した掲示板だろう。

真一は改めて、ポケットの中から受験票を取り出した。番号は一九四五。この番号が掲示板に書かれていれば晴れて大学生。春からはいなほとキャンパスライフを満喫できるというわけである。

「あってくれるといいんだけどな……」

掲示板の方を見ながら真一は気弱にため息をついた。

やるだけのことはやった、という自負はあったが、在学中の成績が成績なので今一つ自信を持つことが出来ない。直前の模試でも合格するにはギリギリのラインだったのだ。

「真一ちゃんは大丈夫だよ。どっちかって言うと、いなほの方が……」

「あ……」

いつになく元気のないいなほの声には理由がある。

試験の当日、いなほは大幅に遅刻して試験会場にやってきたのだ。

いなほが寝坊するのはよくあることだったが、その時ばかりは事情が違う。いなほは会場に来る途中、川に給食袋を落として困っている小学生を助けるために貴重な時間を費やしてしまったのだ。

いなほらしい理由ではあったが、入学試験においてそんな理由は通用しない。

なんとか途中入場できる時間に到着したのが不幸中の幸いだったが、それでも遅れた分だけ不利になったことは間違いない。

「できるだけ頑張ったけど、問題を全部埋めることが出来なかったよ」

試験後、いなほはそう言って肩を落としていた。

「まあ……落ちたら落ちた時のことだ」

真一は自らをも励ますように、わざと陽気にいなほの背中を叩《たた》いた。

「うん。じゃあ、いなほは自分のを見てくるから受かってたら教えてね」

いなほは真一から離れると、人込みの中へと消えていった。

……さて、俺の番号はあるだろうか？

人を掻《か》き分けて掲示板に近付くと、真一は自分の番号に近い一九〇〇番台から見落としのないようにしっかりと順を追って眺めていった。

……一九四一。

……一九四四。

……一九四五。

「……っ！　一九四五⁉」

その番号を掲示板に見つけた時、真一は喜ぶよりもへなへなとその場に座り込んでしまった。あった！　合格だ……間違いない。

張りつめていた緊張が解けて、身体の中から徐々に喜びがわき起こってくる。

それほど難関大学に合格したわけではなかったが、この一年間の努力が報われたかと思うと、飛び上がって踊り出したい気分だった。

……そうだ、いなほの方はどうだったんだろう？

そろそろ彼女も自分の番号を見つけている頃に違いない。真一は人込みをかき分けるようにして、いなほの番号の辺りを探してみた。

確か一五○○番台だったはずだ、と思い出しながら辺りを見回すと、ひときわ長い髪をしたいなほの後ろ姿を見つけた。

「おーい、いなほっ、番号あったか？」

「あ、真一ちゃん。どうだったの？」

「ははは、任せとけって！　ばっちり合格だよ。いなほはどうだった？」

「もうちょっと待って。まだ見つからないの」

「鈍くさいヤツだなぁ……番号何番だっけ？」

「一五三八だよ。さっきから探してるんだけど」

「どれどれ……」

と、真一は教えられた番号を探して掲示板に目を向けた。

……一五三六。

……一五三七。

……一五三九。

「あれ……おかしいな？」

真一は何度も見た。近い番号から順に、それこそ掲示板に穴が開くほどに。

「さっきからずっと探してるんだよ。でも……見つからないよ」

いなほは手にしていた受験票をくしゃっと握りつぶした。

「ないんだよ……いなほの探し方が悪いのかな？」

「……そんな馬鹿な。見落としたんだよ」

真一は再び掲示板に視線を戻した。

だが、どうしてもいなほの番号を見つけることが出来なかった。

「ねえ、真一ちゃん。ないんだよ……いなほの番号……」

いなほは半分涙声になりながら、訴えかけるように真一を見つめた。

なんと答えればいいのか分からなかった。

これが逆の立場であった場合のことは想定していたし、その際にはなるべくいなほに気を使わせないにはどういう態度を取るべきかも考えていた。

けど、まさかこんな結果になるとは思ってもみなかった。

……やっぱり、試験の時の遅刻が原因か。

真一は唇を噛《か》んだ。せめてまともに試験を受けていれば、いなほの成績なら十分に結果を出せていたはずなのだ。

「うう……掲示板が見えなくなってきたよ。お願い、代わりにいなほの番号を探してよ」

いなほは浮かんできた涙を両手で拭《ぬぐ》いながら、くしゃくしゃに握りしめた受験票を真一に差し出した。すでにその番号は涙に濡《ぬ》れて滲《にじ》んでしまっている。

「いなほ……もう、諦《あきら》めよう」

言いにくい言葉をなんとか口にしながら、真一はそっといなほを抱き寄せた。それくらいしか出来ない自分がもどかしかった。

「う、う、うえええ〜〜〜ん」

いなほは真一の腕の中で堰《せき》を切ったように泣き始めた。

一ヶ月後……。

綾月中央大学の入学式があった。

もっとも、入学式といってもさほどのことをするわけではない。学長のありがたい話を聞いたりオリエンテーションに出席しただけのことだ。収穫といえば、さっそく隣の席に座った奴と友達になったことと何人かの知り合いができた程度だろうか。

「いいなぁ、いなほも大学に行きたかったよ」

帰宅途中に駅で落ちあったいなほは、真一の話を聞いて羨《うらや》ましそうな表情を浮かべた。

いなほが通うことになった予備校でも今日から授業が開始されたのだ。

「いなほの方はどうなんだ？　予備校」

「うん、調子いいよ。来年こそ一緒の大学に行くために頑張るよ」

「一緒の大学……か」

「いなほが大学行くの、まだ反対なの？」

「いや、反対しているわけじゃないよ」

受験に失敗したショックから抜け出すのに一週間ほどの時間を必要としたが、いなほはようやくいつもの元気を取り戻しつつある。

だが、その間ずっと見守っていた真一は、いなほの落胆が大学に落ちたことではないことを知った。浪人までして再度受験しようとするのも、別の理由からのようであった。

「大学に行こうと思ったのは、真一ちゃんと一緒にいられるから」

いなほははっきりと言い放った。大学に進学しようと決めたのはいなほの方が先であったが、それも将来に対して特別な希望を持っていなかった真一が、いずれ進学という道を選ぶだろうという推測からであったらしい。さすが長年の付き合いだけに、いなほの推測は見事にあたった。誤算は肝心の自分が不合格になってしまったことだろう。

そのことを知った真一は首をひねった。

「それっておかしくないか？」

「どうして？」

「いなほの望みは俺と一緒にいることなんだろ？　だったらわざわざ大学に行かなくても、こうして一緒にいるじゃないか」

あきらのように県外に行くわけではない。真一は今まで通りいなほの家の隣に住んでいるのだから、会おうと思えばすぐにでも会えるのだ。

「大学でなにかやりたいことがあるなら別だけど」

「それは……」

いなほは言葉を失ってうつむいた。

……いなほのやりたいこと。

それも真一がいなほの大学再受験に抵抗を感じる一つであった。はっきりと言葉にしたことはなかったが、いなほには別にやりたいことがあるように思えてならなかった。

どちらにしてもいなほの進路を真一が決定することなどできはしない。

この春から、真一は大学へ、いなほは予備校に通うことになったのである。

「さて、オレンジペコにでも行くか？」

「う、うん……でも……」

真一の提案に、いなほは落ち着きなく駅の時計を見上げて返事を濁した。

「どうかしたのか？」

「ん……ちょっと、この後に用事があって……」

「用事？」

いなほが真一の誘いをためらうのはめずらしい。

いつもならなにをおいてでもついてくるのに……。

「ふうん、まあ、用事があるなら仕方ないな。じゃあ、今日は素直に帰るとするか」

「ゴメンね」

いなほは顔の前で両手を合わせて謝ると、時間を気にしながら早々に立ち去って行った。

まるで、誘いを断ったからだけではなく他に後ろめたいことがあるかのようだ。

……まさかな。

いなほが真一に隠し事をするなどとは考えられなかった。

けれど、それが間違いであったことは数日も経《た》たないうちに判明したのである。


大学生になると朝から授業があるとは限らない。受講する講義を自分で選択することができるからである。

真一もその特権を活かし、なるべく楽ができるような時間割を組んでいた。

そのおかげで平日の昼間に家でゴロゴロできるようになったが、家にいる分、祖母に用事を言いつけられることが多くなってしまった。

その日も祖母に頼まれて駅前まで買い物に出掛けたのだが、途中でふと思い立ち、幼稚園をのぞいてみることにした。

そう言えば、去年も同じような気持ちだった。特に理由があったわけではなかったが、幼稚園を訪れて小宮山先生と話をしたのだ。

……そうだ、あの時にはいなほがバイトをしていたっけ。

数ヶ月前のことを思い出しながら幼稚園に近付いた時。

「真一ちゃん⁉」

そこには去年と同じように、子供達と遊ぶエプロンを付けたいなほの姿があった。

「え？　あれ？　いなほ……なんで、ここに？」

「なんでって……その……」

いなほは悪戯《いたずら》しているところを見つかった子供のように、もごもごと口ごもりながら視線を辺りに泳がせた。いなほが困ったような表情を浮かべていると、真一の声を聞きつけたのか、園舎の中から小宮山先生が顔をのぞかせた。

「あら、広瀬くん。また来てくれたの？」

「あ、ああ……どうもお久しぶりです」

「佐倉さんから聞いたわよ。綾中大に通ってるんだって？」

「おかげさまで頑張ってます。あの……ところで、どうしていなほが？」

「どうしてって、アルバイトよ」

真一が逸《そ》れかけた話を強引に戻すと、小宮山先生はあっさりと言った。

「佐倉さんがアルバイトを探しているって聞いたから、それならうちを手伝ってもらおうと思って、以前のように来てもらってるの」

「へっへー、いなほにピッタリのバイトだと思わない？」

開き直ったように笑ういなほの周りには、常に何人かの子供達がじゃれついていた。一目見ただけで、どれほど子供達から慕われているのかが分かる。

「確かにピッタリだけど……」

「佐倉さんね。去年もそうだったんだけど、子供の扱いがとっても上手いのよ。ぜひ資格を取って正式にウチに来てもらいたいわ」

それが単なるお愛想でないことは小宮山先生の表情から察せられる。真一の意見も同じだった。世話好きのいなほにとって、幼稚園の先生というのは天職のような気がする。

「先生はこう言ってるけど？」

「いなほは……もう一度、綾中大を目指すことにしたから」

真一が返事を促すと、いなほは少しうつむいたまま浮かない顔で囁《ささや》くように答えた。

「残念ねぇ。でもアルバイトに来てもらえるだけでも先生は嬉しいわ」

小宮山先生はそう言って話を締めくくったが、真一には多少の疑問が残った。

……もしかして、多少はいなほにもその気があるんじゃないのか？

いなほがこの幼稚園に来たのも、バイトを探していたのではなく、ここにいたかったからではないのだろうか。真一が以前から感じていたいなほのやりたいこととは、子供達の相手をすることではないのだろうか？

「そうだ」

小宮山先生が不意にパンと手を叩いた。

「今日だけでいいから、広瀬くんも手伝っていかない？　バイト料は出すわよ」

「え……俺がですか？　でも、俺は子供の相手は……」

「大丈夫よ、去年も一緒に遊んでたでしょう？　難しく考えること無いわ」

「は、はあ……」

突然の申し出ではあったが、別に断る理由もない。真一は少しだけなら……と頷《うなず》いた。

「お兄ちゃん、一緒に遊んでくれるの？」

近くにいた男の子が、目を輝かせて真一を見上げる。

「う、うん……まあな」

「じゃ、絵を描いてよー」

「絵……を？」

「うん、ネコモンがいいー」

ネコモンとはアニメのキャラクターだ。真一はせがまれ、仕方なく棒を使って地面にネコモンの絵を描いていった。元が単純な線のキャラクターだったので、どうにか似せて描くことができた。

「わー、ネコモンだ」

男の子が歓声を上げると、周りにいた子供達も集まってくる。

「相変わらず上手いわね」

小宮山先生は真一の手元を覗《のぞ》き込んで、感心したように何度も頷いた。

「広瀬くんは絵の道に進むことを考えなかったの？」

「今は……描いてないですから」

「そう、もったいないわね。どうして？」

「自分でも上手く言えないんですけど、描く理由をみつけられないっていうか……」

ふと、アミの言葉を思い出した。

「夢を捨てないで下さい」

しかし、真一は未だに踏ん切りを付けられずにいた。

絵を描くという夢……アミの最後の頼みを、出来れば真一自身も叶《かな》えたいとは思っているのだが、実際に描くとなると誰のためになにを描けばいいのか思いつかない。

人を幸せにするための絵……。

それは、一体、誰に向けたどんな絵なのだろう？

「お兄ちゃん、プッチィ描いてっ」

一人の女の子からリクエストされた。

「プッチィ？」

アニメのキャラクターだろうか。さすがにネコモングらい有名なアニメになると真一も知っていたが、子供向けのアニメのキャラクターを全部知っているわけではない。

真一が戸惑っていると、いなほはちょっと待ってて……と、園舎に駆け込み、一冊の本を抱えて戻ってきた。

「これがプッチィだよ。ひよこのプッチィ」

「絵本のキャラクターか」

「今、結構売れている絵本みたいなの」

「へえ……」

真一はいなほから絵本を受け取ると、ぱらぱらとめくってみた。

パステルと水彩で描かれたその絵本は、ひよこのプッチィが旅をするネコと一緒に生まれ故郷を目指すというほのぼのとした話のようだ。

まあ、とにかくどんなキャラなのかは分かった。

真一はリクエスト通りにプッチィを描き始めた。真一が棒を動かし、地面にプッチィを描いていく様子を、子供達は熱心な様子で見つめている。

……今まで考えもしなかったけど、こういう絵の表現もあるのか。

プッチィを描き終えると、真一は改めて絵本のページをめくってみた。
二、三言の台詞と大きな絵で一ページが構成されている。特に難しい言葉で表現しているわけでもないのに、大人でも十分に楽しめるストーリーだ。
そして、言葉以上に表現力のある絵。パステル調の絵なのに、気温や風の音まで聞こえてきそうな絵だ。最後まで読むと、なんとなく幸せな気分になれる。そんな本だった。

「あなたの絵はみんなを幸せにします」

アミの言葉が頭の中によみがえる。

……もし、俺がこんな絵本を書いたら、喜んでもらえるだろうか？

真一はいつの間にか一緒になって絵本を覗き込んでいる子供達を見回した。どこの子も、楽しそうな顔をして、本の中のプッチィを見つめている。

……俺に、こんな胸を打つような絵本を描くことができるだろうか？


翌日の夜。

「へっへー、真一ちゃんの部屋に来るのは久しぶりだね」

「そうか？」

「一年ぐらい前に来たのが最後だよ。……でも、あまり変わってないね」

……そうか、アミがいたから、あまり部屋には入れないようにしてたんだっけ。

いなほは部屋の中を見回しながら、真一のベッドの上に腰掛けた。この部屋で座れる場所といえば、真一の座っている椅子《いす》以外はそこしかない。

今夜、いなほが真一の部屋にいるのは、敬老会の旅行に参加した祖母の代わりに夕食を作りに来てくれたからであった。

夕食の後、借りていた本を返すために真一の部屋に移動したのだ。

「相変わらず、いなほの料理はおいしかった」

「へっへー、今日のタンシチューは特に自信作だよ」

「うん、あれは格別だった」

返すための本を揃《そろ》えながら、真一は歯切れの良いタンで作られたシチューの味を反芻《はんすう》した。あれなら、まだ食べられそうな気がするほどだ。

「へっへー、いなほはいいお嫁さんになれるかな？」

「え……いや……な、なれるんじゃないか？」

なんだか身を乗り出して訊《き》かれると赤面してしまいそうだった。いなほが意図しているその相手とは、真一に他ならないのだ。言い出した張本人であるいなほも、真一の反応を見て照れたように顔を赤くしている。

……そういえば今日は二人っきりなんだよな。

改めてそう考えると、なんだか意識してしまう。

去年のクリスマスに正式に付き合い始めて以来、何度かキスはしていたが、それ以上は進んでいなかった。別にいなほが拒んでいたわけでも、真一が躊躇《ちゅうちょ》していたわけでもない。なんとなくその機会が訪れなかっただけのことだ。

そろそろ……と思わないでもないが、相手がごく自然にそばにいた幼なじみである分、改まると照れくさい気もする。

真一はごほん、と咳払《せきばら》いをして妙な雰囲気を払拭《ふっしょく》するように話題を変えた。

「その後……受験勉強の方はどうだ？」

「う、うん。そういえばね……」

いなほも重圧を感じていたのか、慌てて真一の話題についてきた。

「今月も模試でいい成績だったたって誉められちゃった」

「へえ、すごいじゃないか」

「このレベルで、どうして綾中大に落ちるのか分からないって」

「色々と運がなかったんだよ。試験に遅れたりしてさ」

「……運が悪かったんだよね」

いなほは肩を落としながらぽつりと呟《つぶや》いたが、気分を変えるように明るい声を出した。

「でも、来年こそは大丈夫だよ。一緒に大学に行けるから」

「あのさ……いなほ」

ふと思い立って、真一は前々から考えていたことを訊いてみる気になった。

「いなほはさ、本当は別にやりたいことがあるんじゃないのか？」

「そんなこと……ないよ。いなほは来年の受験のために頑張ってるもん」

「それが嘘《うそ》だとは言わないけど、いなほは違う夢もあるんじゃないか？」

「夢って……それは……」

いなほは膝《ひざ》の上においた手をギュッと握りしめた。

「俺はさ、幼稚園でバイトしているいなほを見て思ったんだよ。本当は幼稚園の先生になりたいんじゃないかって……」

「違うよ」

いなほは即座に否定したが、その声には迷いの色が含まれていた。

「子供、好きだって言ってたよな？」

「けど……」

「昔の夢は幼稚園の先生になることだった……って、小宮山先生が言ってたよな？」

幼稚園でバイトをしていたいなほの表情はとても活き活きとしていた。真一と一緒にいる時でさえ見られない慈愛に満ちた表情。その表情を見た時から、真一はある程度の確信を持ち始めていたのだ。

「いなほは……」

真一の追求に言葉を詰まらせたいなほは、やがて思い切ったように、

「幼稚園の先生になりたいと思ってるよ、本当は。小さい時から、ずっと……」

堰を切ったように一気にそう言った。

「だったら……」

「けど、幼稚園の先生になろうと思ったら一緒にいられなくなるの。この辺りでは、幼稚園の先生の資格が取れる大学はないから、随分と遠くまで行かなきゃならなくて……」

……そうか、そういうことだったのか。

真一はいなほの中でせめぎ合っていたものを、ようやく知ることができた。いなほが積極的に自分の夢を叶えようとしない理由は、真一と離れてしまうことにあったのだ。

「嫌なの。一緒にいられないなんて……」

いなほはうつむいたまま唇を噛みしめた。涙が溢《あふ》れ、頬《ほお》を伝っていく。

「真一ちゃんと離れてしまうなら、別に夢なんて叶わなくていいよ」

ぎい、と、椅子を鳴らして立ち上がると、真一はいなほのいるベッドの隣に座った。

「いなほ……俺って、そんなに信用できないかな？」

「え……ど、どうしてそんなこと訊くの？」

「俺はいなほが自分の夢を叶えるために勉強しにいくんなら、ずっと待ってるよ」

「真一ちゃん……」

いなほは、ハッとしたように顔を上げて真一を見つめた。

「少しの間離れるぐらいで、途切れてしまうほど俺といなほの絆《きずな》は細くないだろ？」

「二人の絆……」

「そうだよ。それこそ、小さい時からずっと一緒で、お互いのいいところも悪いところも知ってて、それでも俺達は一緒にいたじゃないか」

「うん……そうだよ……。いなほはずっと昔から好きだったんだもの」

いなほは再びうつむくと、スカートの端を弄《もてあそ》ぶようにいじる。

「だから、俺のためにいなほに夢を諦めて欲しくないんだ。大学で離れたって、俺はいなほが戻ってくるまでずっと待ってるよ。それとも、俺が待っているのが信じられないか？」

「だけど……今までずっと一緒だったのに、会えなくなっちゃうんだよ？」

「夢を捨てないで欲しいって、俺にそう言ったのはいなほだぞ。約束する。俺はいなほを悲しませるようなことはしないよ」

「……絶対に？」

「絶対に……だ。俺が今までいなほをだましたことあったか？」

「ううん」

小さく首を振って寄り添ってきたいなほを、真一はそっと抱きしめた。

「真一ちゃん……」

ベッドの上に仰向かせると、いなほは少しだけ戸惑ったような声を上げた。だが、真一が改めて抱きしめても抵抗はせずにじっとしている。

真一が顔をよせると、いなほはそっと目を閉じた。真一は軽くつつくように何度かキスをした後、今度はゆっくりと唇を重ねた。ふっくらとした唇を味わいながら、いなほの長い髪を愛撫《あいぶ》するように撫《な》でる。

その手をいなほの頬からうなじへ、そして胸元まで下ろしていく。服の上から胸に触れると、驚くほど柔らかな感触が真一の手のひら一杯に伝わってきた。

「あっ……」

いなほはハッとしたように身体を起こした。

「嫌か？」

「う、ううん……そんなことないけど」

怖いのだろう。真一はいなほを安心させるように何度も髪を撫でた。

いなほの瞳にはうっすらと涙が浮かんでいる。その潤んだ瞳で見つめられていると、真一は胸の鼓動がどんどん速くなっていくのを感じていた。

いなほを自分のものにしたい。これほど強烈に感じたことはなかった。

子供の頃からずっと一緒にいたいなほが成長し、今、一人の女の子として真一の目の前にいる。時の流れを感じるというか、以前に凜々が言っていた運命という言葉を思い出してしまった。

……俺といなほは、こうなる運命だったのか。

　真一はそっといなほの頬を両手で挟むと、ふたたびベッドへ押し倒していきながら唇を重ねた。徐々に長いキスへと移行しながら、真一はそっといなほの服を脱がせていく。上着を脱がせ、スカートを取り去る。

　白いブラジャーを肩から抜くようにして脱がせると、真一の目の前にいなほの丸く形の良い乳房が露《あら》わになった。

　昔はよく一緒にお風呂に入ったものだが、当然のように以前の面影はなかった。真一の目の前にいるのは、成熟した女性としての身体を持ついなほであった。

　それが幻でないことを実感するために、真一はゆっくりといなほの身体に触れた。

「あ……」

　首筋から乳房にかけてゆっくりと手のひらを移動させるたびに、いなほは小さく声を上げた。不安にさせないように、真一はできるだけ優しく愛撫を続けると、柔らかな丘をそっと手のひらで包み込み、その先端を指で摘《つま》み上げた。

「やっ……恥ずかしい」

　いなほは身悶《みもだ》えるように、ベッドの上で身体をくねらせる。その動きに呼応しながら、真一はいなほの胸に顔を埋めた。優しく……懐かしいようないなほのにおい。乳房の先端に唇を寄せると、

「あ……っ……」

いなほは小さく切なそうな声を上げた。その声に、真一は途端に理性を失いそうになる。同時に今まで以上の愛おしさが込み上げてきた。

いなほの悲しい顔は見たくない。いなほのことをずっと、この腕の中で守ってやりたい。

そんな気持ちが溢れてきて、真一は手早く着ていた服を脱ぎ捨てると、両手でギュッといなほを抱きしめた。いなほの柔らかな身体から、あたたかい体温が伝わってくる。

いなほも真一の背中に手を回すと、まるで自分の中に取り込もうとするかのように身体を寄せてきた。

「真一ちゃんって、気持ちいいね」

「いなほもだよ」

小さなキスを繰り返しながら、真一は片手を胸からウエストラインにそって下腹部へと移動させると、最後に残ったショーツに指をかけた。

「……っ⁉」

いなほの身体がギクリと震える。

ここで声をかけると余計に動揺させるような気がして、真一は無言のまま、すっと引き下ろすようにしてショーツを脱がせた。

いなほは唇を噛みしめ、初めて男の目にさらされる恥ずかしさと恐怖に耐えている。白い肌は上気して薄い桃色に紅潮し、全身にはしっとりとした汗が浮かんでいた。

真一はそっといなほの足に触れると、少しずつ時間を掛けて愛撫しながら一番敏感な部分へと上っていく。ようやく中心部分に到達した時には、すでにそこは十分な湿り気を帯びていた。

「あ……真一ちゃん……あっ……」

柔らかな中心部分に指をあてて何度か往復させると、いなほは今までにない甘い吐息を漏らした。初めての刺激に感じ始めた自分をもてあますかのように、しきりと小さく首を振りながら、ベッドのシーツをギュッと握りしめる。

「いなほが……欲しい」

もういいだろう、と判断した真一はいなほに顔を寄せて囁いた。それがなにを意味するのかは十分に承知しているだろう。

「いなほも真一ちゃんが欲しいよ……」

身体を小さく震わせ、恥ずかしそうな表情を浮かべながらも、いなほは真一の言葉にしっかりと頷いた。その返事を確認すると、真一はいなほの両脚の間に身体を滑り込ませ、負担をかけないようにそっと身体を重ねた。すでにいなほを求めて熱くなったものをあてがうと、ゆっくりと身を進めていった。

「……んっ……」

少し進んだだけで、いなほは唇をきつく噛んで眉根《まゆね》をよせた。真一も少し痛いのだ。い

なほの負担はその比較にすらならないだろう。

「ん……いっ、つぅ……」

悲痛な声に真一は思わず動きを止めた。

「大丈夫か、いなほ」

「うん……大丈夫。大丈夫だから、続けて……」

いなほは真一の身体にしがみつくようにして腕を背中に回してきた。

真一はいなほの言葉に促され、少しずつ腰を動かして、一番深いところまで沈んでいった。なにかを突き抜ける感覚。いなほが真一の背中に爪《つめ》を立てた。

「んん……は、入ってくるよ……」

「ああ、いなほの中は気持ちいいよ」

真一を包み込む、いなほのあたたかく艶《なま》めかしい感触。頭の奥がつんと痺《しび》れ、真一は自分の本能を制御できなくなっていく。

「……動くよ」

「ああっ……いなほを離さないで……ずっといなほのことを抱きしめてていて」

その望みに応じるように小さな身体をしっかりと抱きしめながら、真一はいなほの中でゆっくりと動き始めた。

「ああっ……真一ちゃん、真一ちゃんっ……」

いなほは何度も譫言《うわごと》のように真一の名前を呼んだ。

その声を聞くと、いなほに対する愛おしさに、真一は腰が砕けそうになるほどの律動を感じた。いなほの細い肩を抱きながら、自身をぶつけるようにして身体を揺らす。乳房が大きく上下しながら真一の胸の下で躍っていた。いなほは呼吸を荒げ、絶え間なく切なそうな息を吐いた。

「んっ……んっ……んあっ」

初めての行為に快感などないだろう。むしろ苦痛の方が勝るに違いないが、いなほは苦痛を言葉に出そうとはしなかった。真一の全てを受け止めるつもりなのだ。

「真一ちゃん……いなほをずっと離さないで……」

急速に上りつめていった真一は、耳元にいなほの吐息を感じながら終わった。

「母さん、どこに行くの？」

「ゴメンね、真一ちゃん。でも、真一ちゃんは大きいから大丈夫よね？」

「どうして、母さんが出ていくのさ？」

「仕方ないの。そう決めたんだから」

「絵は？　誰が俺の絵を見るのさ？」

「真一ちゃんは十分に上手いわ。絵を見るのはお母さんだけじゃない。お父さんも、おばあちゃんも……いなほちゃんだって」

「俺は母さんに見て欲しいのにっ」

「ゴメンね……」

「母さんが見てくれないなら、絵を描く意味なんて無いよっ！」

あの時の……。

母親が家を出ていく時の表情を、真一は今でも忘れることが出来なかった。


……そう、だから俺は絵をやめたのだ。

なにかを犠牲にしなければならない夢なら叶わなくてもいい。自分の夢のために、真一の元から去って行った母親のようにはなりたくない。

ずっとそう思っていた。

……けれど、俺にも本当は分かっていたはずだ。

絵を見せることのできる相手は他にも大勢いる。自分の絵で多くの人を幸せな気持ちにさせることは可能なのだ。

アミが言っていたように……。

「真一ちゃん？」

ベッドの上で抱き合ったままぼんやりと天井を見つめていた真一に、いなほが不思議そうな瞳を向けてきた。どうしたの……と、いう表情。

「いや、なんでもないよ」

いなほの肩に手を回すと、真一は安心させるようにその細い身体を抱き寄せた。素肌のままの身体が密着してあたたかな体温が伝わってくる。

いなほは甘えるように真一の胸に顔を埋めてきた。

「ねえ、真一ちゃん。いなほは……行くよ」

「行くって？」

「幼稚園の先生になる資格の取れる大学を受ける」

いなほは一つ階段を上がった。真一と離れることを恐れながらも、自らの意志で夢を叶えるための第一歩を踏み出したのだ。

「それでいいよね？」

「ああ、もちろんだ」

……俺も行かなきゃならないな。

いなほを見送るだけではなく、真一自身も自分の夢に向かわなければならない。

具体的な目標があるわけではないが、ぼんやりとした道しるべだけは見え始めているのだから。

そして、それぞれの夢を叶えた時には……。

「俺はずっといなほを待ってるよ。ずっと」

真一はいなほの頭を抱えるように抱くと、しばしの別れを惜しんでそっと髪を撫でた。

エピローグ

いなほがこの町を出てから数年が過ぎた。

真一に宣言したように、いなほは幼稚園の先生の資格を取るために県外の大学に進学したのだ。

離ればなれになるのは思っていたよりも寂しいものだった。物心ついた時から当たり前のようにそばにいたいなほが、自分にとって実はどれほど貴重な存在であったのかを真一は改めて実感してしまった。

いわば半身を切り取られたような喪失感を、ときおり電話で話をしたり、盆や正月に帰ってきた時に会うことでなんとか埋める日々が続いた。

だが、それもいなほが夢を叶《かな》えて帰ってくることを思えば耐えられる。

いなほを笑って送り出したのは真一自身なのだから。


そして……真一も、少しずつではあったが進み始めていた。

いつか幼稚園で「ひよこのプッチィ」を見て以来、真一の中には絵本を描いてみたいという想いがくすぶり続けていたのだ。

自分の描いた絵が誰かを幸せにする。

それが真一の夢だったのだから……。

エピローグ

最初は漠然とした想いを、ただ形にしようとしたに過ぎなかった。子供が読んでも大人が読んでも楽しめるものを描く。

主人公は意識しないうちに天使になっていた。

ドジで騒がしくて頼りないけど、いつも明るくなんにでも一生懸命で、人を幸せにしたいと願い続けている天使。

なにかを届けたい。

なにかを伝えたい。

それだけを考えて描き上げた真一の絵本は、第十四回団欒社鳳凰賞《だんらんしゃほうおうしょう》絵本部門の最優秀賞を獲得した。どこかに応募するつもりはなかったのだが、たまたま実家に戻っていたあきらに勧められ、ふとその気になったのがきっかけだった。

どうせなら、誰かに見てもらいたい。

そんな軽い気持ちからだったのだが、意外な結果に真一自身も驚いた。

作品は出版されることになり、先日、ようやくその見本が送られてきた。

これを最初に見せる相手はもう決めてある。

その人物を迎えるために、真一は駅に来ていたのだが……。

……なにやってるんだ、あいつは。

すでに約束の時間を三十分以上も遅れている。

「真一ちゃん」

駅前のベンチに座って、ぼんやりと行き交う人を眺めていた真一の背後で、不意に聞いたことのある声が聞こえてきた。

忘れようと思っても忘れることの出来ない声。

「遅いぞ」

真一はその声の方に振り向いた。

「……ただいま」

そこにはいなほがいた。

長く長く待ち続けた、いなほがそこにいた。

「夢は……叶えたよ」

いなほは瞳を潤ませながらジッと真一を見つめていた。

「幼稚園の先生になったんだよ」

「………………」

真一はいなほに答えず、小脇に抱えていた本を差し出した。

「え？　……『明日への贈り物』……広瀬真一⁉」

「俺も夢は叶えたぞ」

「真一ちゃんの絵本⁉」

いなほを隣に座らせると、真一はそれまでの経緯をざっと説明した。いなほはまるで自分のことであるかのように喜びながら、絵本のページを捲《めく》った。

「これ……この主人公って、もしかすると……」

「そう、あの天使だよ」

「アミちゃん……か」

いなほは懐かしそうに目を細めた。

すでに学園を卒業してから数年。あの頃一緒だった友達は、みんなそれぞれの道を歩き始めている。みんな、自分の夢を叶えるために……。

いなほの手が最後のページにかかる。

真一はポケットの中から小さな箱を取り出すと、そっと本の上に乗せた。

「これは……あれ？」

いなほは目の前に置かれた箱と、ちょうど絵本のページに描かれている絵を見比べた。

じっくり見なくても、それが同じ物であることは一目で分かる。

「いなほに……いなほが夢を叶えて帰ってきたら渡そうと思ってたんだ」

そう言って手を伸ばすと、真一は箱を開けた。

中には小さなリングが春の陽光を受けて輝いている。

「これ……絵本の中で、天使が一番幸せにしたい人に渡してくれ……って」

「そうさ」

小さなリング。それは真一が天使に……アミにもらったリングだった。

「だから渡すんだよ」

真一はいなほの手を取ると、その指にそっとリングをはめた。

「これ……私に？」

「ああ、約束だからな。……天使との」

天使は言った。

夢を叶えるのになにかを失う必要なんて無い……と。

そう、全てをつかみ取ればいいのだ。

信じる心さえあれば、出来ないことはないのだから。

指のリングを見つめているいなほを、真一は改めて正面から見つめた。

「おかえり、いなほ」

END

あとがき

こんにちはっ、雑賀匡です。

今回はサーカス様の「Ａｒｉｅｓ」をお送りします。

今まで小説やゲームシナリオで色々なキャラクターが登場する話を書いてきましたが、天使というのは今回が初めてでした。

なので、参考のために……と、天使がヒロインの某アニメも見てみたのですが、魅力の点から言えばアミちゃんに一票を投じたいですね。こんな娘が机の引き出しの中に住んでいたら、さぞかし仕事のはげみに……ならないかな？（笑）

ノベルでは書くことの出来なかったアミルームを訪れてみたい方は、是非ともゲームをプレイすることをお勧めします。私はテストプレイで、ついつい「めもち」を育てることに熱中してしまいました……。

最後にパラダイムのＫ田編集長とＫ崎様、お世話になりました。

そして、この本を手に取っていただいた方にお礼を申し上げます。また、お目にかかれる日を楽しみにしております。

雑賀　匡

Aries《アリエス》

2000年10月1日 初版第1刷発行

著 者 雑賀 匡
原 作 サーカス

発行人 久保田 裕
発行所 株式会社パラダイム
〒166-0011東京都杉並区梅里2-40-19
ワールドビル202
TEL03-5306-6921 FAX03-5306-6923

装 丁 林 雅之
印 刷 ダイヤモンド・グラフィック社

乱丁・落丁はお取り替えいたします。
定価はカバーに表示してあります。
©TASUKU SAIKA ©Circus
Printed in Japan 2000

既刊ラインナップ

定価 各860円+税

1 悪夢 ～青い果実の散花～ 原作:スタジオメビウス
2 脅迫 原作:アイル
3 痕 ～きずあと～ 原作:リーフ
4 慾 ～むさぼり～ 原作:May-Be SOFT TRUSE
5 黒の断章 原作:Abogado Powers
6 淫従の堕天使 原作:DISCOVERY
7 Esの方程式 原作:Abogado Powers
8 歪み 原作:May-Be SOFT TRUSE
9 悪夢 第二章 原作:スタジオメビウス
10 瑠璃色の雪 原作:アイル
11 官能教習 原作:テトラテック
12 復讐 原作:クラウド
13 淫Days 原作:ルナーソフト
14 お兄ちゃんへ 原作:ギルティ
15 緊縛の館 原作:XYZ
16 密猟区 原作:ZERO
17 淫内感染 原作:ジックス

18 月光獣 原作:ブルーゲイル
19 告白 原作:ギルティ
20 Xchange 原作:クラウド
21 虜2 原作:ディーオー
22 飼 原作:13cm
23 迷子の気持ち 原作:フォスター
24 ナチュラル ～身も心も～ 原作:フェアリーテール
25 放課後はフィアンセ 原作:スィートバジル
26 骸 ～メスを狙う顎～ 原作:SAGA PLANETS
27 朧月都市 原作:GODDESSレーベル
28 Shift! 原作:Trush
29 いまじねぃしょんLOVE 原作:U・Me SOFT
30 ナチュラル ～アナザーストーリー～ 原作:フェアリーテール
31 キミにSteady 原作:ディーオー
32 ディヴァイデッド 原作:シーズウェア
33 紅い瞳のセラフ 原作:Bishop
34 MIND 原作:まんぼうSOFT

35 錬金術の娘 原作:BLACK PACKAGE
36 凌辱 ～好きですか?～ 原作:アイル
37 My dearアレながおじさん 原作:ブルーゲイル
38 狂*師 ～ねらわれた制服～ 原作:クラウド
39 UP! 原作:メイビーソフト
40 魔薬 原作:FLADY
41 臨界点 原作:スィートバジル
42 絶望 ～青い果実の散花～ 原作:スタジオメビウス
43 美しき獲物たちの学園 明日菜編 原作:ミンク
44 淫内感染 ～真夜中のナースコール～ 原作:ジックス
45 My Girl 原作:Jam
46 面会謝絶 原作:シリウス
47 偽善 原作:ダブルクロス
48 美しき獲物たちの学園 由利香編 原作:ミンク
49 せ・ん・せ・い 原作:ディーオー
50 sonnet～心かさねて～ 原作:ブルーゲイル
51 リトルMyメイド 原作:スィートバジル

52 flowers～ココロノハナ～ 原作:CRAFTWORKside・b
53 サナトリウム 原作:ジックス
54 はるあきふゆにないじかん 原作:トラヴュランス
55 プレシャスLOVE 原作:BLACK PACKAGE
56 ときめきCheck in! 原作:クラウド
57 散櫻～禁断の血族～ 原作:シーズウェア
58 Kanon～雪の少女～ 原作:Key
59 セデュース～誘惑～ 原作:アクトレス
60 RISE 原作:RISE
61 虚像庭園～少女の散る場所～ 原作:BLACK PACKAGE TRY
62 終末の過ごし方 原作:Abogado Powers
63 略奪～緊縛の館 完結編～ 原作:XYZ
64 Touch me～恋のおくすり～ 原作:ミンク
65 淫内感染2 原作:ジックス
66 加奈～いもうと～ 原作:ディーオー
67 PILE・DRIVER 原作:ブルーゲイル
68 Lipstick Adv.EX 原作:フェアリーテール

69 Fresh! 原作:BELL-DA
70 脅迫～終わらない明日～ 原作:アイル【チーム・Riva】
71 うつせみ 原作:BLACK PACKAGE
72 Xchange2 原作:クラウド
73 M.E.M.～汚された純潔～ 原作:アイル【チーム・ラヴリス】
74 Fu・shi・da・ra 原作:ミンク
75 絶望～第二章～ 原作:スタジオメビウス
76 Kanon～笑顔の向こう側に～ 原作:Key
77 ツグナヒ 原作:ブルーゲイル
78 ねがい 原作:RAM
79 アルバムの中の微笑み 原作:curecube
80 ハーレムレーサー 原作:Jam
81 絶望～第三章～ 原作:スタジオメビウス
82 淫内感染2～鳴り止まぬナースコール～ 原作:ジックス
83 螺旋回廊 原作:ruf
84 Kanon～少女の檻～ 原作:Key
85 夜勤病棟 原作:ミンク

86 使用済～CONDOM～ 原作:ギルティ
87 真・瑠璃色の雪～ふりむけば隣に～ 原作:アイル【チーム・Riva】
88 Treating 2U 原作:ブルーゲイル
89 尽くしてあげちゃう 原作:トラヴュランス
90 Kanon～the fox and the grapes～ 原作:Key
91 もう好きにしてください 原作:システムロゼ
92 同心～三姉妹のエチュード～ 原作:クラウド
93 あめいろの季節 原作:ジックス
94 Kanon～日溜まりの街～ 原作:Key
95 贖罪の教室 原作:ruf
97 帝都のユリ 原作:スィートバジル
98 Aries 原作:サーカス

好評発売中!

パラダイム・ホームページ 開設のお知らせ

http://www.parabook.co.jp

■新刊情報■
■既刊リスト■
■通信販売■

パラダイムノベルスの最新情報を掲載しています。
ぜひ一度遊びに来てください！

既刊コーナーでは
今までに発売された、
100冊以上のシリーズ
全作品を紹介しています。

通信販売では
全国どこにでも
お届けできます。

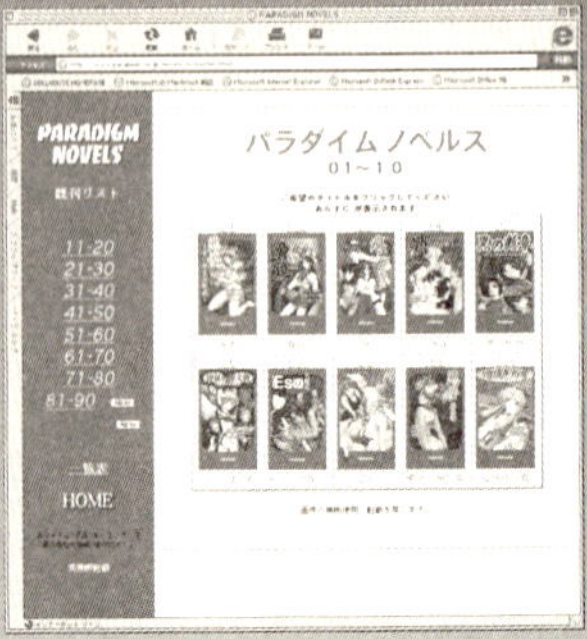

お問い合わせアドレス：info@parabook.co.jp